黒百合の雫

大石　圭

幻冬舎アウトロー文庫

黒百合の雫

プロローグ

カーテンをいっぱいに開け放った深夜の寝室――。

すべての明かりを消したその部屋に、半分ほどに欠けた月の光が、斜めに深く差し込んでいる。ガラス越しの冷たく青白いその光が、ベッドに横たわるふたりの女の裸体を、優しく、柔らかく、妖艶《ようえん》に包み込んでいる。

そう。その静かな寝室には今、女と女がいる。

広々としたベッドの上に、一糸まとわぬ女と女が身を横たえ、月明かりの中でお互いの長い脚を絡ませ、お互いの乳房や下腹部を擦り合わせるようにして抱き合っている。くぐもった呻《うめ》きを漏らしながら、それぞれが相手の唇を激しく貪《むさぼ》り、それぞれがその腕でお互いの体を夢中でまさぐり合っている。

『女』と『もうひとりの女』。

『女』は髪が短く、女性としては大柄で、とても逞《たくま》しい体つきをしている。彼女が引き締まった体をよじるたびに、皮下脂肪のない皮膚に筋肉がくっきりと浮き上がる。鍛え上げられた腕や背は、男のそれのようにも見える。胸には乳房が確かに存在するが、それは思春期を迎えたばかりの少女のように固くて小さい。

戦場の兵士のように、『女』はとても精悍《せいかん》な顔立ちをしている。一重瞼《ひとえまぶた》の目は切れ長で、鼻が高く、唇が薄い。もし彼女が男だったなら、かなりハンサムだと言われるのかもしれない。

『女』とは対照的に、『もうひとりの女』は髪が長く、華奢《きゃしゃ》で色白で、手入れの行き届いた女らしい体つきをしている。首がとても長く、肩が尖《とが》り、ウェストがくびれて、ほっそりとしている。襟元には鎖骨が浮き上がり、脇腹にはうっすらと肋骨《ろっこつ》が透けている。だが、ガリガリという感じではなく、その皮膚はとても柔らかくて滑らかだ。

彼女の顔は、アイドルタレントのように可愛らしい。目がとても大きく、鼻の形がよく、唇が厚くてぽってりとしている。今は化粧をしていないのに、その睫毛《まつげ》は、マスカラが塗られているかのように、長く、濃い。眉毛《まゆげ》と睫毛、麦藁《むぎわら》色に染められた頭髪、それに股間に生えたわずかばかりの性毛を除けば、彼女の皮膚には体毛というものがまったく存在しない。

『もうひとりの女』の唇を貪り続けながら、『女』はその右手で、相手の左側の乳房に――それほど豊かではないが、形よく張り詰めたそれに触れる。ブラジャーのワイヤーの跡がうっすらと残ったそれを、パン生地をこねるかのように、静かに、だが、執拗に揉《も》みしだく。

「むっ……うむっ……むううっ……」

乳房を揉まれた『もうひとりの女』が、『女』の口の中にくぐもった呻きを漏らしながら、くねるように身を悶《もだ》えさせる。ふたりの歯と歯がぶつかり合い、カチカチという硬質な音を立てる。『もうひとりの女』の中華饅頭《まんじゅう》のような白い乳房に、指の跡がいくつも赤く残る。

やがて『女』は、相手の唇を貪るのをやめる。そして、ほっそりとした相手の体を仰向《あおむ》けにさせ、今度はその右の乳首を口に含む。同時に、乳房を揉みしだいていた右手を相手の股間に移動させ、その指先で分泌液に潤んだ女性器をゆっくりとまさぐり始める。相手の首の下から向こう側にまわした左手では、左の乳首をひねったり、つまんだりを繰り返している。

「ああっ、ダメっ……あっ……いやっ……」

相手の指で女性器が刺激されるたびに、『もうひとりの女』がベッドマットに後頭部を擦りつける。しなやかでほっそりとした体を、弓のようにのけ反らせる。派手なマニキュアに彩られた長い爪が、顔の脇のシーツを強く握り締める。細長い臍《へそ》に嵌《は》められた銀色の十字架が揺れる。

「あっ、摩耶《まや》っ……あっ……ダメっ……」

相手の名を呼びながら、『もうひとりの女』が身を悶えさせ、骨の浮いた腰を前後左右に打ち振る。そのたびに、タンポポの綿毛ほどしかない性毛が、窓からの月明かりにつややかに光る。

『女』と『もうひとりの女』――。

いつの間にか、ふたりの皮膚は、まるでサンオイルを塗り込んだかのように、噴き出した汗で光っている。

「さあ、百合香《ゆりか》……もっと脚を広げてごらん」

相手の乳房から顔を上げ、『女』が低い声で『もうひとりの女』に命じる。だが、左手の指では相手の左側の乳首を、右手の指ではその濡れた股間を、相変わらず執拗に刺激し続けている。

もしかしたら、自分の口から漏れ続ける声で、『もうひとりの女』には相手の声が聞こえなかったのかもしれない。あるいは、あまりの快楽に忘我の境地をさまよっていて、その言葉の意味が理解できなかったのかもしれない。

いずれにしても、『もうひとりの女』は『女』の言葉に従わない。濡れた唇から淫《みだ》らな声を漏らし、痩《や》せた体を不規則にくねらせ続けているだけだ。

「どうしたの、百合香？……聞こえなかったの？……もっと脚を広げなさい」

相手の女性器から手を離し、『女』が強い口調で同じ命令を繰り返す。だが、その口調とは裏腹に、『もうひとりの女』に向けられた『女』の眼差《まなざ》しは穏やかで優しい。それはまるで、娘に向けられる母親のもののようだ。

今度は『もうひとりの女』にも、相手の言葉が理解できたらしい。彼女はその大きな目で相手の目を見つめ、尖った顎《あご》を引くようにして頷《うなず》く。それから……長くて細いその脚を、ゆっくりと、ためらいがちに左右に開く。その爪先で、手の爪よりさらに派手なペディキュアが鮮やかに光る。

「もっと……もっと大きく広げて」

『女』がさらに命じる。

「もっと？」

声を喘《あえ》がせて『もうひとりの女』が訊《き》き返す。欲望のために潤んだ目が、真っ赤に充血している。

「そう。もっとよ」

『女』の吐く息が、『もうひとりの女』の麦藁色の前髪を揺らす。『女』の目もまた、充血して潤んでいる。

『もうひとりの女』が、やはりゆっくりと、ためらいがちに、さらに脚を開く。多量の分泌液にまみれた女性器が、青白い月の光に照らされて淫靡《いんび》に光る。

「これでいい？」

「うん。いいよ」

満足げに頷くと、『女』は再び相手の性器に右手を伸ばす。そして、人差し指と薬指とで女性器を押し開き、その中心部を中指でリズミカルに刺激する。口には相手の右の乳首を含み、左手では相手の左の乳首への刺激を続けている。

「ダメよっ、摩耶っ……すごいっ……いやっ……」

『もうひとりの女』の口から漏れる淫らな声が、刻々と甲高《かんだか》く、激しくなっていく。

指での刺激を受けたクリトリスは、これ以上はないというほどに硬直して膨張している。

相手への愛撫《あいぶ》を続ける『女』の股間も、いつの間にか、多量の分泌液で潤んでいる。相手のそれと同じように、窓からの月に光っている。

「あっ……ダメっ……いきそう……あっ……うっ……」

やがて、『もうひとりの女』が、その骨張った体をブルブルと震わせる。そして、直後に、ほっそりとした全身を棒のように硬直させる。

「あっ……いやっ……あああああああっ！」

『もうひとりの女』が一際大きな声を張り上げる。筋肉の浮き出た『女』の背に、長く鋭い爪の先を食い込ませ、ほとんど失神しかけながら絶頂に達する。

『もうひとりの女』のそんな体を、『女』が強く抱き締める。麦藁色をした相手の長い髪を両手で激しく掻《か》き毟《むし》り、ぽってりとした唇に自分の口を荒々しく押し付ける。

『もうひとりの女』が終われば、次は『女』の番だ。

ほとんど夜ごとにしているように、筋肉の張り詰めた『女』の体の上に、今度は『もうひとりの女』がのしかかる。

『もうひとりの女』は、そのぽってりとした唇に『女』の乳首を含み、派手なマニキュアに彩られた指の先で相手の股間を優しく、だが、巧みにまさぐる。

「あっ……うっ……」

『女』の薄い唇から、押し殺した声が漏れる。

そう。『女』はいつも、『もうひとりの女』ほどには声を出さない。口から漏れそうになる声を、『女』はいつも懸命に抑え込んでいる。

「どう、摩耶？　感じる？」

小さな乳房から顔を上げ、『もうひとりの女』が相手に訊く。「感じてるなら、ちゃんと感じてるって言いなさい」

けれど、『女』はその問いに答えない。精悍な顔を悩ましげに歪《ゆが》め、嫌々でもするかのように、首を左右に小さく振っただけだ。

「そう？　感じていないんだ？　それなのに、こんなに濡らしちゃうのね？　ほらっ、見て。ねっ、びしょびしょでしょ？」

『もうひとりの女』が嬉しそうに言いながら、分泌液にまみれた自分の指を相手に見せる。そして、長い爪をしたその指で、相手の薄い唇にそっと触れる。

「摩耶、なめなさい。あんたの液よ」

『もうひとりの女』が『女』に命じる。

「いやっ……」

切なげに顔をしかめ、『女』が左右に首を振る。

だが、『もうひとりの女』は、その拒絶を許さない。

「いいから、なめなさい」

そう言うと、『もうひとりの女』は、相手の口の中に派手なマニキュアの指を押し込む。その細い指を、まるで腹を空《す》かせた赤ん坊のように、『女』が夢中で貪る。

「どう？　おいしい？」

相手の口から指を抜き、『もうひとりの女』が笑う。再び『女』の小ぶりな乳房に顔を伏せ、その乳首を口に含む。相手の女性器に再び指を這《は》わせ始める。

「うっ……ああっ……」

鍛え上げられた体を、『女』がブルブルと震わせる。その逞しい腕で、『もうひとりの女』の華奢な背を、しなるほど強く抱き締める。

『女』と『もうひとりの女』とが暮らす家――。

その家の寝室ではほとんど毎夜のように、こんなことが繰り返されている。

男たちのほとんどは、体液を放出してしまえば、もう次の瞬間にはその行為に興味を失ってしまう。男たちの関心事は、相手の体内に精液を注ぎ込むということだけ――つまり、それは基本的に生殖のための行為なのだ。

けれど、女と女の場合はそうではない。

生殖という義務から解き放たれた彼女たちの性への欲望は、あとからあとから絶え間なく湧き上がって来る。それはまるで、尽きることのない泉のようだ。

そう。女と女の愛の営みは、男と女のそれに比べると、長く、執拗で、果てしないものなのだ。

それでも……男と女の恋と同じように、女と女の恋にも、その始まりと、その終わりとがある。

男と女の恋と同じように、女と女の恋も、それはお互いの同意によって始まる。けれど、男と女の恋と同じように、女と女の恋も、その終わりは必ずしも同意によるものとは限らない。

立ち去ろうとする女と、置き去りにされる女――。

これはそのふたりの女の物語である。

第1章

1

大阪の辺りでは降ったり、やんだりを繰り返していた雨は、名古屋を通過した頃には本降りになり、浜松を過ぎた直後からは土砂降りになった。

大きなワイパーが雨粒を振り払った時には、ほんの一瞬だけ視界が甦《よみがえ》る。だが、次の瞬間にはまた、ほとんど何も見えなくなってしまうような猛烈な雨だった。

水の浮き上がった路面は、真っ白になって泡立っていた。それは道路を走っているというよりは、水路を航行しているかのようだった。海のほうから吹き付ける横風ももものすごくて、ちょっと油断していると風に煽《あお》られ、車線をはみ出してしまいそうだった。

恐怖を感じるほどのそんな風雨の中、わたしは大型トラックのハンドルを握り締め、西から追いかけて来る台風から逃げるかのように、東京へと向かって車を走らせている。1時間ほど前に浜松を通過し、あと少しで静岡だ。福岡を出たのは早朝だったから、もう12時間以上も車を走らせ続けている計算だった。

このトラックの運転席ではいつもそうしているように、今夜もわたしはハンドルを握りながら、断続的に百合香のことを思い出していた。

見れば見るほど可愛らしい百合香の顔、麦藁色をした長くて綺麗な髪、少し骨張った華奢な体、柔らかくて滑らかな肌、細くて澄んだ声――。

百合香を思い浮かべると、いつもわくわくと心が弾んだ。

けれど、今夜はそうではなかった。今夜のわたしは、彼女を思い浮かべるたびに、切なさと悲しさに胸を詰まらせていた。

横風が強いせいと、視界が不良なために、東名高速道路には時速60キロの速度制限が出されていた。たいていの車はその制限を守り、一般道を走っているかのようにノロノロと走行していた。このペースだと、都内の会社に戻れるのは、予定よりずっと遅くなってしまうだろう。

1週間前までのわたしだったら、もしかしたらイライラしたかもしれない。東京に戻る時のわたしは、マンションの一室でわたしの帰りを待っている百合香に一刻も早く会いたくて、いつだってひどく急いでいたのだ。

けれど、今では苛立《いらだ》つ理由はどこにもなかった。急ぐ理由もなかった。

雨が叩きつけるフロントガラスの片隅に目をやる。1週間ほど前までのわたしは、そこに白い歯を見せて笑っている百合香の写真を貼っていた。長時間の運転で疲れている時でも、それを目にすれば元気が出たからだ。

けれどもう、今はそこに写真はなかった。ただ、写真を貼っていたセロハンテープが残っているだけだった。

百合香は明日、わたしたちの部屋を出て行くのだ。明日から百合香は、男のものになるのだ。そんな彼女の写真を、いつまでも未練がましく、そこに貼り続けておくわけにはいかなかった。

ああっ、百合香……百合香……。

わたしは心の中で呻きを上げた。強い思いが込み上げ、息が詰まりそうになった。

そう。わたしは今も百合香が好きなのだ。好きで好きで、たまらないのだ。これからの人生を、彼女とふたりで送っていきたいと、わたしは心から望んでいたのだ。それなのに……それなのに……。

大きなワイパーがフロントガラスの雨粒を勢いよく振り払う。

だが、なぜか、今度は視界が戻らない。

えっ？　ワイパーブレードが傷んでいる？

いや、そうではなかった。いつまでも視界が滲《にじ》んでいるのは、雨のせいではなく涙のせいだった。

わたしは慌てて手の甲で涙を拭《ぬぐ》った。そして、叩きつける雨で白く泡立つ路面を見つめ、唇を嚙《か》みながら日焼けした手でハンドルを握り締めた。

その左の薬指では、今もプラチナのマリッジリングが光っていた。

昨日、わたしが部屋を出る時には、これとお揃《そろ》いの指輪が百合香の左薬指にも嵌められていた。嵌められているのを、確かに見た。

けれど、今もその指輪が彼女の薬指で光っているかどうかはわからなかった。

いや、たぶん、もう外してしまったのだろう。

パーキングエリアの存在を示す緑色の標識が見えた。

凄《すさ》まじい雨に滲む前の車の赤いテイルランプや、ミラーに映った後続車に注意を払いながら、わたしはウィンカーを出し、ゆっくりと車線を変更した。そして、パーキングエリアに入ると、その片隅に車を停めてエンジンを切った。

助手席に転がっていた携帯電話を左手に取り、ふたつ折りになっているそれを開く。瞬間、微笑《ほほえ》んでいる百合香の、とても可愛らしい顔が目に入った。

そう。百合香と付き合い始めてからずっと、わたしは携帯電話の待受画面に彼女の写真を使っていた。

小さなボタンを操作してメールの画面を呼び出すと、車のルーフを太鼓のように叩く雨の音を聞きながら、わたしは百合香に短いメールを打った。

『今、静岡。またメールします』

メールの送信を終えると、わたしは携帯電話を助手席に放り出した。そして、運転席のシートにもたれ、フロントガラスを絶え間なく流れ落ちる雨粒を眺めながら百合香からのメールを待った。

いつもなら、すぐに百合香からの返信がある。だが、今夜は、いつまでたっても返事はなかった。

きっともう、彼女の頭の中は男のことでいっぱいで、わたしのことなんて何とも思っていないのだろう。

わたしは奥歯を強く嚙み締めた。また目の奥が熱くなったが、もう泣きはしなかった。

2

わたしの名は松本摩耶。

今から35年前の夏に、わたしは東京都大田区の蒲田《かまた》というところに生まれた。

父は自宅のすぐ近くにある、小さな町工場に勤務していた。金属の部品に特殊な加工を施す工場だった。

母からそう聞いている。

けれど、わたしは父のことをほとんど覚えていない。妹が生まれる少し前に、両親が離婚してしまい、その直後に父は東京を出てしまったからだ。

今年で55歳になった母は、きょうまでに3度の離婚と4度の結婚をしている。わたしの父は、そんな母の最初の夫だった。

彼らの離婚の理由を、母は今も教えてくれない。でも、たぶん……彼女の浮気が原因だったのだろう。

観光バスのガイドをしていた母は、性的なフェロモンで異性を呼び寄せる動物たちのように、その豊満な肉体からいつも、女の色気をむんむんと立ちのぼらせているような人だった。そして、昔からとても惚《ほ》れっぽかった。

わたしには沙織《さおり》という妹がいる。沙織はわたしより3つ年下だから、間もなく32歳になるはずだ。

沙織とわたしとは、昔からまったく似ていなかった。わたしは大柄で、がっちりとした体つきをしていたけれど、沙織は痩せて小柄だった。おまけに、わたしとは違って、彼女は昔からとてもよく勉強ができた。そして、わたしとは違って、沙織は美人だった。

母は何も言わないけれど、沙織の父親は、わたしの父とは別の人なのかもしれない。わたしは昔から、ずっとそう思っている。

そんな沙織は、大学を卒業後、大手工作機器メーカーに就職し、その会社で知り合った同い年の男と27歳で結婚した。今は4歳と2歳のふたりの息子の母親だ。

沙織はいつも、とても忙しそうだ。去年の春、東京の多摩地区に家も建てたから、経済的にも大変そうだった。独身の時の沙織はお洒落《しやれ》をするのが大好きだったけれど、今の彼女は家事と育児とパートタイムの仕事に追われていて、服や化粧品を買う余裕もないように見えた。

「沙織は大変そうね。疲れてるでしょ？」

今年の正月に会った時、わたしは妹にそう言った。少し疲れたような顔をしていた彼女の愚痴を聞いてあげようと思ったのだ。

けれど、沙織の口から出たのは意外な言葉だった。

「そうね……確かにすごく忙しいし、生活は楽じゃないけど、わたしは別に大変だとは思ってないわ」

あの時、沙織はほがらかに笑った。

「大変じゃないの？」

「ええ。だって、わたしは好きな人と結婚して、その人の子を産んで育ててるのよ。

どんな苦労があっても、別に大変だとは思わないわ」

確信に満ちた口調で沙織が言った。

「そうなんだ？」

「そりゃあ、そうよ。摩耶ちゃんも早く結婚して、子供を産んだほうがいいわよ」

「そうだね」

「余計なお世話だけど、摩耶ちゃんには今、好きな人はいないの？」

屈託なく笑いながら妹が訊き、わたしは反射的に、「好きな人はいるよ」と言った。

「いるの？」

少し驚いたように妹が言った。「その人と結婚するの？」

「結婚？　どうなんだろう？　わからないな」

わたしは言った。そして、曖昧《あいまい》に笑った。

沙織がわたしについて、どこまで知っているのかはわからない。わたしが家を出た時、彼女はまだ15歳だったから。

どちらにしても、あの時、わたしは心から妹を羨《うらや》ましいと思った。

そう。わたしには妹が羨ましかった。羨ましくて、羨ましくてたまらなかった。

なぜなら……わたしは決して好きな人とは結婚できないのだから……まして、その人の子を産むことなど絶対に不可能なのだから……。

小学生の頃から、わたしが好きになるのは女の子だけだった。それも、クラスの男の子たちの大半が好きになるような、女らしくて可愛らしい子ばかりだった。

女の子が好きだ――。

幼かった頃には、そういう自分を異常だとは思わなかった。可愛らしい子を好きになるのは、ごく普通のことだと思っていたのだ。

けれど、大きくなるにしたがって、わたしはだんだん、自分が異常なのだと――少なくとも、普通の女たちとは違うのだ、と理解するようになった。

中学でも高校でも、わたしが好きになるのはいつも女子生徒だった。けれど、わたしは人から『異常だ』と思われるのが嫌で、いつも自分の心を隠していた。

それにもかかわらず、何人かの生徒たちはわたしのことを陰でこそこそと噂していた。ある女子生徒からは、あからさまに『摩耶ってレズなの？』と訊かれたこともあった。

った。

とても仲が良かった友人のひとりは、『摩耶はもしかしたら、性同一性障害なのかもしれないよ』と真面目な口調で言って、本気で心配してくれた。

「性同一性障害？　それ、病気なの？」

あの時、わたしは友人にそう尋ねた。そんな言葉を耳にしたのは初めてだった。

「病気かどうかは知らないけど……本当は女に生まれるべきだった人が男に生まれて来ちゃったり、男になるはずだった人が女の体を持って生まれて来ちゃったり……そういうことがあるみたいだよ」

友人はわたしを見つめて、そんなふうに教えてくれた。

そうなのだろうか？　わたしは性同一性障害なのだろうか？　わたしは女ではなく、男として生まれるべきだったのだろうか？

わたしにはわからない。今もわからない。

でも……たぶん、違うと思う。

たぶん、わたしは男になりたいわけではないのだ。わたしは昔から、男なんて大嫌いなのだから……。

どうして、この地球には男と女が存在しているのだろう？　どうして、女だけじゃないのだろう？

ごく幼い頃から、わたしはいつも、そんなことを思っていた。男というものの存在が、嫌で嫌でたまらなかったのだ。

わたしがそんなにも男を毛嫌いしているのは、もしかしたら、母の二番目の夫のせいなのかもしれない。

そう。母のふたり目の夫となった郵便局員は、まだ11歳か12歳の小学生だったわたしに、しばしば性的な虐待を加えていたのだ。

あれから20年以上が過ぎた今も、あの時のことを思い浮かべると身の毛がよだつ。

そして、男という性への強い怒りが湧き上がる。

妹の沙織とは違って、わたしは勉強ができなかったから、大学への進学を考えたことはなかった。自宅近くの都立高校を卒業したあと、就職指導の教師に勧められるがまま、わたしは都内の百貨店に就職した。

百貨店勤務が自分に向いていると思ったわけではなかった。ただ、そこに就職すれば社員寮に入れるから、というだけの理由だった。

あの頃のわたしたちの家には、のちに母の3人目の夫となる男が同居していたから、わたしは一刻も早く家を出たかったのだ。

百貨店での研修が終わって、初めて配属になったのは紳士服売り場だった。

わたしなりには一生懸命に働いたつもりだった。けれど、無口で無愛想なわたしには、接客業はどうしても合わなかった。それで半年ほどで百貨店を辞め、車の運転免許を取り、運送会社に就職した。百貨店の社員寮を出たあとは、賃貸アパートを借りて住んだ。

それ以来、会社をいくつか替わりながらも、わたしはずっと運送関係の仕事をしている。一日中、こうしてほとんど誰とも喋《しゃべ》らず、ひとりきりで運転席に座り、ディーゼルエンジンの立てる力強い音を聞いているというのは、わたしの性分に似合っている。

雨が一段と激しくなった。風もさらに強くなった。

パーキングエリアの片隅に停めたトラックの運転席で、フロントガラスを滝のように流れ落ちる雨を眺めながら、わたしはさらに15分ほどのあいだ、百合香からの返信を待っていた。

けれど、助手席に転がった携帯電話は静まり返ったままだった。

百合香にとってのわたしは、もう、どうでもいい人間なんだ。

そう思ったわたしが車のエンジンをかけようとした、ちょうどその時、ようやく携帯電話がメールの着信を告げた。

その着信音で、わたしにはそれが百合香からの返信だとわかった。

彼女のことはもう諦めたはずなのに、いつものように、わずかに心が弾んだ。

わたしは助手席の携帯電話を手に取り、たった今、届いたばかりの百合香からのメールを開いた。

いつものように、百合香のメールにはたくさんの絵文字や記号が入っていた。

『返信が遅れてごめんなさい。心配させちゃった？

ごちそうを作って待ってるわ。摩耶の大好きなビーフシチューと、フランス風マッシュポテトよ。

今夜は張り切ってフランスパンも焼いたの。カマンベールチーズとブルーチーズもあるし、カリカリに焼いたチョリソーもあるわよ。シタビラメでムニエルも作ったのよ。

戻ったらワインで乾杯しましょう。雨と風がすごいから、運転にはくれぐれも気をつけてね』

わたしは携帯電話の画面に視線を走らせながら、百合香が腕によりをかけて作ったに違いない食事を——わたしたちの最後の晩餐になるはずの食事を思い浮かべた。

そう。今夜の食事は、本当の意味での最後の晩餐になるはずだった。

なぜなら、百合香にもわたしにも、明日という日は訪れないのだから……。

3

とても大きな台風が近づいている。

1時間前に比べると、雨と風は明らかに強くなった。さっきまで見ていたテレビの天気予報によると、どうやら台風は深夜にはこの東京に最接近するようだった。

ニンニクやドライトマトやビーフシチューや、焼きたてのフランスパンのにおいの充満するキッチンで夕食の支度を続けながら、わたしはカーテンを開けたままの窓のほうに目をやった。

強い風が吹き付けるたびに、バチバチという音を立てて雨粒が窓に叩きつけていた。窓ガラスの向こう側を無数の雨粒が、滝のようになって流れ落ちていった。ベランダに並べたプランターのイタリアンパセリやフェンネルやローズマリーのシルエットが、突風に激しく煽られていた。

この強い雨と風の中、摩耶のトラックは今、どこを走っているのだろう？　東名高速道路は通行止めになったりしていないのだろうか？

摩耶からは今朝、福岡を出発する時に、『これから東京に戻ります』という短いメールが来ただけで、それ以降は何の連絡もなかった。

しばらく窓を見つめていたあとで、わたしは視線をまな板に戻した。そして、マニキュアに彩られた長い爪を包丁で傷つけないように注意しながら、サラダにするつもりの野菜を刻み始めた。

わたしは野菜が好きだったけれど、摩耶はそうではなかった。だから、この2年間、わたしは彼女に少しでもたくさんの野菜を食べさせようと、いろいろと調理方法を工夫して来た。

その甲斐《かい》があってか、今では摩耶もたくさんの野菜を食べるようになっていた。かつての彼女は便秘気味だったらしいが、今ではそれはすっかり治ったようだった。それはきっと、野菜に含まれる食物繊維のおかげだろう。

わたしがいなくなっても、摩耶はちゃんと野菜を食べるのだろうか？　それとも、またレトルト食品や冷凍食品や、コンビニエンスストアで買って来た弁当ばかりの以前の暮らしに戻ってしまうのだろうか？

それを考えると、わたしもさすがにしんみりとした気分になった。同時に、ここに置いていかれる摩耶を、かわいそうにも思った。

けれど、ここに残って摩耶と暮らし続けていこうとは思わなかった。こんなことをいつまでも続けていくのは、どう考えたって無理なことだった。

野菜を刻み続けていると、すぐ脇に置かれたピンク色の携帯電話が、軽快なメールの着信音を発した。

わたしは包丁をまな板に置き、素早く布巾《ふきん》で手を拭《ふ》くと、微《かす》かに胸を高鳴らせながら小さな電話を摑《つか》んだ。

わたしが胸を高鳴らせていたのは、それがスーパーマーケットで働いている田中勇気からのメールだと思ったからだ。

明日の今頃は、わたしは彼のマンションの部屋で、こんなふうに食事の支度をしているはずだった。もしかしたら、彼と向き合って、ワインを飲みながら食事をしているかもしれなかった。

けれど、メールは田中勇気からではなく、大型トラックに乗って嵐の中を東京に向かっているはずの摩耶からだった。

わたしはそのことに少し落胆した。同時に、そんな自分を嫌悪した。

摩耶からのメールを開く。

『今、静岡。またメールします』

液晶画面に浮かび上がった文字はそれだけだった。

いつもだったら、もっといろいろと書いて来るのに……暴風雨の中を走るのが大変で、メールを打つどころではないのだろうか？　それとも、わたしのことをまだ怒っているのだろうか？

たぶん、そうなのだろう。摩耶はとても怒っているのだろう。

わたしが彼女にしたことを思えば、それは当然のことだった。

わたしはすぐに摩耶に返信しようとした。だけど、その瞬間に、昨日から断続的に煮込んでいるビーフシチューが、鍋から吹きこぼれそうになっていることに気づいた。

わたしはピンク色の携帯電話を脇に置き、慌ててガスコンロの火を弱めた。それから、また包丁でキャベツやキュウリを刻み始めた。

4

高校生の頃、わたしはみんなからよく、『コケティッシュ』だと言われた。

コケティッシュ――つまり『男好きがする』ということだ。

自分ではよくわからないけれど、もしかしたら、そうなのかもしれない。実際、小学生の頃から、わたしは男の子たちによくもてた。それは中学生になっても、高校生になっても、大学生になっても変わらなかった。

そんなわたしが、今は同性である摩耶と、それも夫婦のように暮らしている。わたし自身にもそれは、かなり意外なことに感じられた。

わたしは友人たちには、摩耶のことを隠している。函館の両親はわたしと摩耶が一緒に暮らしているのを知ってはいるけれど、ただのルームメイトだと思っている。

そう。摩耶のことは今も好きだし、彼女には何の落ち度もないのだけれど……わたしにとって摩耶との暮らしは、やはり秘すべきことなのだ。みんなには絶対に知られたくないことなのだ。


今年の3月にわたしは27歳になった。あと2年半で30歳だ。

このわたしに30歳になる日が訪れるなんて……わたしには今もそれが信じられない。

わたしはなぜか、自分だけは年を取らず、いつまでも若々しくて、いつまでも可愛らしいままなのだと、心のどこかで思っていたのだ。

わたしは北海道の函館市で生まれ、港や海を見下ろすその町で育った。父は函館市役所の職員、母は専業主婦、ふたつ下に弟がいるという、ごく平凡な家庭だった。幼い頃からピアノとヴァイオリンを習って来たけれど、高校の吹奏楽部ではトロンボーンを担当していた。

函館は本当に美しい町で、大好きだった。思い出の場所もたくさんあったから、離れたくないという気持ちもないわけではなかった。

けれど、高校を卒業すると、わたしはその町を離れた。そして、東京の私立大学に進学し、新宿区内のワンルームマンションの一室で暮らし始めた。昔から憧れていたひとり暮らしだった。

東京での大学生活は思っていたより、遥《はる》かに楽しかった。ボーイフレンドもたくさんできたし、仲のいい女友達もたくさんできた。映画もたくさん見たし、コンサートホールや美術館にもたくさん出かけた。本もいっぱい読んだし、お酒もいっぱい飲んだ。アルバイトもした。

3年生になると、同期のみんなは熱心に就職活動を始めた。けれど、わたしはそれをしなかった。

会社勤めをするなんて、考えるのも嫌だった。それに将来は、わたしの母がそうだったように、結婚して専業主婦になり、好きな人とのあいだにできた子供を育てるものなのだと、ぼんやりと考えていたのだ。

大学を卒業したわたしは、ちゃんとした就職はせず、何となく人材派遣会社に登録した。そして、そこから派遣された会社で主に事務系の仕事をして来た。

そういう仕事は楽しいわけではなかったし、やり甲斐があるわけでもなかった。月々の報酬もたいしたことはなかった。けれど、言われたことをやっていればいいので、学生時代にやっていたアルバイトの続きのようで気楽だった。

摩耶と出会ったのは、そんな仕事を通してだった。わたしが事務員として派遣された運送会社で、摩耶が大型トラックのドライバーをしていたのだ。

わたしがその小さな運送会社に派遣されたのは、今から2年と少し前、25歳の時だった。中年の女性事務員が退職するというので、わたしがその代わりに選ばれたのだ。

わたしの仕事はいつものように、誰にでもできるパソコンの端末の操作や、簡単で単純な事務処理だった。

その運送会社で、摩耶は大型トラックの運転手をしていた。十数人いた運転手の中で、女の運転手は摩耶だけだった。

今と同じようにあの頃も、摩耶は髪をショートカットにし、顔には化粧けがまったくなかった。今と同じようにアクセサリーもしていなかったし、香水やオーデコロンもつけていなかった。左手首には男物のごつい時計を嵌め、いつも薄汚れたランニングシューズやスニーカーを履いていた。

摩耶は男と同じ制服をまとい、男と同じように働いていた。半袖のシャツからのぞく腕は男のように逞しかったけれど、決して太っているわけではなく、とても引き締まった体つきをしていた。目は切れ長で、鼻が高く、唇が薄く、もし彼女が男だったらわたしが好きになりそうな精悍なタイプだった。

女にしては摩耶はかなり大柄なほうで、身長は172センチもあった。だから、162センチのわたしより、ちょうど10センチ高いということになる。

けれど、がっちりとした男の運転手たちに比べると、摩耶の体はやはり華奢だった。そんな彼女が男の運転手たちと対等の仕事をこなしているというのは、わたしの目にはとても新鮮で、とてもかっこよく映った。

「あの松本さんっていう女の人、たぶんレズなのよ」

わたしに仕事を教えてくれた樋口《ひぐち》さんという中年の女性事務員は、ふたりきりの事務室で摩耶のことをそんなふうに言った。男の運転手たちも、口々にそんな噂話をしているらしかった。

「本当ですか？」

仕事の手を止めて、わたしは樋口さんの顔を見た。

「うん。確かめたわけじゃないけど……でも、きっとそうよ」

そう話す樋口さんの目には、下世話な好奇心がはっきりと浮かんでいた。「湯川さんはすごく可愛くて、女っぽいから、もしかしたら松本さんのタイプかもね。気をつけたほうがいいわよ」

その言葉にわたしはぎこちなく笑ったけれど、陰でそんな噂話に花を咲かせている人々を軽蔑した。同時に、噂話の対象になっている摩耶に心から同情した。

わたしは昔から、陰口や噂話が嫌いだった。それに、もし仮に摩耶が同性愛者だという噂が本当だとしても、そんなことで差別をするのは許されることではないと思った。

そんなわけで、わたしは摩耶には努めて普通に接した。時間がある時には、取り留めのない世間話もした。

きっとわたしの気持ちが摩耶にも伝わったのだろう。最初の頃はぎこちなくて事務的だったわたしに対する彼女の態度は、時間の経過とともに少しずつ打ち解けたものに変わっていった。

やがて樋口さんが辞めて、会社にいる女は摩耶とわたしのふたりだけになった。そして、その頃から、わたしたちは急速に親しくなった。

仕事のあとで、わたしは摩耶を誘い、しばしば居酒屋に繰り出した。

わたしが摩耶を誘ったのは、みんなから無言の迫害を受けている彼女をかわいそうに思う気持ちからだった。大学時代の女友達はみんな忙しくて疎遠になっていたから、摩耶のほかに居酒屋に行く相手がいなかったということもあった。

摩耶もわたしと居酒屋に行くのが楽しかったようで、やがては彼女のほうから「湯川さん、飲みに行かない？」と、わたしを誘うようにもなった。

もちろん、たいていの時、わたしはその誘いに喜んで応じた。

摩耶は無口だったけれど、正直で真面目で誠実そうで、口がとても固そうだった。

それでわたしは、摩耶には何でも話すようになった。

わたしには女の友達はたくさんいるけれど、女と女の関係は、とかく鬱陶《うっとう》しいものになりがちだ。

女の多くは見栄っ張りで嘘つきだ。それにとても嫉妬《しっと》深くて、心の中ではいつも『自分と相手のどっちが幸せか』とか、『どっちがお洒落で可愛いか』とか、『どっちが男の子に人気があるか』とか、そんなことばかり考えている。親しくはしていても、心の中では何を思っているかわからない。

けれど、摩耶はそうではなかった。

わたしは摩耶に、本当にいろいろなことを話した。

その頃にはわたしも、摩耶は同性愛者なのだと確信していた。けれど、だからと言って特別視するようなことはしなかった。わたしにとっての摩耶は、仲のいい女友達のひとりに過ぎなかった。

けれど、摩耶にとってのわたしは、そうではなかったようだ。

5

あれは今からちょうど2年前の9月、鬱陶しい秋の雨が降り続く、少し肌寒い夜のことだった。

あの晩も仕事のあとで、わたしは摩耶とふたりで居酒屋に行った。そして、カウンターの端のほうに並んで座り、いつものように取り留めのない話をした。

はっきりと覚えているわけではないけれど、あの晩も喋っていたのは主にわたしで、話の内容は仕事に関する愚痴だったのだろう。

あの頃のわたしは、退屈で単調な仕事と、その仕事の報酬の安さにうんざりとしていて、居酒屋ではしばしば摩耶に愚痴をこぼしていたのだ。

そんなわたしの愚痴を一通り聞き終わったところで、摩耶が急にわたしに訊いた。

「あの……湯川さん……湯川さんには好きな人はいないの？」

「うん。今はいないよ」

あっけらかんとした口調で、わたしはそう答えた。

わたしには昔から恋人がいない時はほとんどなかったのだけれど、あの時はたまたま、1年ほど付き合っていた人と別れたばかりだったのだ。

「そう？　だったら……湯川さん……あの……もし、よかったら……あの……わたしと付き合ってくれない？」

切れ長の目でわたしを見つめ、ためらいがちに……恐る恐るといった口調で摩耶がそう切り出した。そして直後に、たった今、口にしたことを恥じるかのように素早く視線を落とした。

その言葉は、わたしをひどく驚かせた。それまでのわたしは、女性を恋愛の対象と考えたことは一度もなかったからだ。

「あの……松本さん……付き合うって……あの……どういうこと？」

ぎこちなく笑いながら、わたしは摩耶に尋ねた。男の人から気持ちを告白された時より、ずっと心臓が高鳴っていた。

「だから……あの……湯川さんに、わたしの恋人になってくれないかって……あの……そういうこと」

自分の膝《ひざ》に視線を落としたまま、呟《つぶや》くように摩耶が言った。それは消え入りそうな小さな声だった。

「恋人？　あの……松本さんも、わたしも……女なのに？」

わたしが尋ね、摩耶がゆっくりと顔を上げた。

顔を上げた摩耶は、わたしを真っすぐに見つめた。そして、引き締まった顎を引くようにして深く頷いた。

「松本さん……あの……松本さんは……何ていうか……わたしのことが好きなの？」

わたしがさらに尋ね、摩耶がまた無言で頷いた。その目に一瞬、『恥じらい』にも似た感情が浮かんだように見えた。

わたしは摩耶の顔をまじまじと見つめ返した。だが、摩耶はまたすぐに視線を落としてしまった。

「もし……あの……湯川さんが嫌だったら、それでいいよ……もし、そうなら……あの……今のことは忘れてくれる？」

俯《うつむ》いたまま摩耶が言った。やはり呟くような、消え入りそうな声だった。

しばらくの沈黙があった。少し重苦しい沈黙だった。

「松本さん……あの……少しだけ時間をくれる？　急だったから、ちょっとびっくりしちゃって……あの……しばらく考えさせて」

あの晩、わたしはそう言って、またぎこちなく微笑んだ。

「いいよ。わたしは急がないから……あの……ゆっくり考えて」

俯いて自分の手を見つめて、小さな声で摩耶が言った。いつものようにジーパンを穿《は》いた膝の上で、摩耶は骨張った両手を強く握り締めていた。

摩耶の手は男のようにがっちりとしていた。爪はどれも短く切り詰められていて、マニキュアは塗られていなかったし、指輪も嵌められていなかった。


その晩、自宅に戻ってから、わたしはいろいろと考えた。そして、結果として、摩耶と付き合ってみることに決めた。

同性である摩耶と付き合おうと、わたしが決めた理由のひとつは、男たちに対する失望からだった。

それまでわたしは、何人もの男たちと付き合って来た。その中のふたりとは、しばらく一緒に暮らしたりもした。男に対するわたしの失望は、そんな中で徐々に芽生え、少しずつ大きくなっていったものだった。

わたしが今までに付き合って来た男たちは、優しくはあったけれど、みんな軽薄で、芯がしっかりとしていなくて、優柔不断で、とても頼りなくて、自立していないように感じられた。そして、少なくとも、わたしの彼氏になった男たちは、例外なく嫉妬深く、わたしを自分の物のように支配し、束縛しようとした。

わたしと一緒にいない時には、彼らはうんざりするくらい頻繁にメールを送って来て、わたしが『誰と、どこで、何をしているのか』を知ろうとした。わたしの返信が少しでも遅くなると、今度はしつこく電話をして来た。それは本当に鬱陶しかった。

彼らはわたしの外見のことは、『可愛い』『綺麗だ』『色っぽい』『お洒落だ』『スタイルがいい』『脚が長い』と褒めそやした。けれど、わたしの内面については何も言わなかった。

たぶん、男たちはわたしのことを、『連れて歩くと鼻が高い女』とか、『見た目の可愛いお人形さん』ぐらいにしか思っていなかったのだろう。もしかしたら、『いつでもやらせてくれる都合のいい女』と思っていたのかもしれない。

そんなこともあって、あの頃のわたしは、男というものに失望していたのだ。

わたしが摩耶と付き合うことに決めたもうひとつの理由は、同性愛というものへの好奇心だった。

そう。好奇心——。

女と女はベッドではどんなふうに愛し合うのだろう？　摩耶はわたしを、どんなふうに愛撫するのだろう？　わたしにはどんな行為を求めるのだろう？　25歳のわたしは、そのことに強い興味を覚えていた。


わたしが摩耶と付き合うことを決意したのは、もう午前0時をまわった頃だった。

心が決まると、わたしはすぐに摩耶にメールをした。

そんな真夜中にもかかわらず、摩耶からはすぐに返信が来た。それは喜びに満ちたものだった。

けれど、その時のわたしたちのメールがどんなものだったのか、今はもう正確にはわからない。田中勇気と付き合うようになってすぐに、摩耶と交わしたメールはすべて削除してしまったからだ。

猛烈な雨と風が続いている。

刻んだキャベツやキュウリを木製のサラダボウルに盛り付けながら、わたしはこの2年間の摩耶との暮らしを思い出している。

摩耶はいつも優しくて、心遣いが細やかだった。摩耶と一緒にいると、わたしはいつも、とても安心できた。

それは男たちとの暮らしでは得られたことのない安堵《あんど》感だった。

そして、セックス——。

摩耶と付き合うと決めた時、わたしは確かに、女同士のそれに好奇心を抱いていた。けれど同時に、同性愛者ではないわたしには、それは受け入れがたいことなのではないかという不安も持っていた。

けれど、そんな心配は杞憂《きゆう》に終わった。

そう。雑で乱暴で自分勝手な男たちの行為とは違い、摩耶のそれは驚くほどに巧みだった。丁寧で、入念で、優しくて、そして……とても長くて、執拗だった。

摩耶との行為の中で、わたしは初めて、オーガズムというものが本当に存在するのだということを知った。

そんな摩耶との暮らしがきょうで終わる。

摩耶には申し訳ないと心から思う。けれど、納得してもらうしかない。

やはりこれは、人の道を外れたことなのだ。女と女とが夫婦のように暮らすということは、この国では白い目で見られるようなことなのだ。


木製のサラダボウルに生野菜の盛り付けを終えた時、雨粒を含んだ凄まじい風が、窓ガラスがたわむほど激しく吹き付けられた。

摩耶は大丈夫だろうか？

そして、わたしは摩耶にまだメールの返信をしていなかったことを思い出した。

脇にあったピンク色の携帯電話を手に取ると、長く伸ばした爪の先で、わたしはいつものように絵文字や記号をたくさん入れて摩耶にメールを打った。

『返信が遅れてごめんなさい。心配させちゃった？

ごちそうを作って待ってるわ。摩耶の大好きなビーフシチューと、フランス風マッシュポテトよ。

今夜は張り切ってフランスパンも焼いたの。カマンベールチーズとブルーチーズもあるし、カリカリに焼いたチョリソーもあるわよ。シタビラメでムニエルも作ったのよ。

戻ったらワインで乾杯しましょう。雨と風がすごいから、運転にはくれぐれも気をつけてね』

メールを打ち終えると、わたしは小さな画面に並んだ文字を見つめた。そして、ルージュを塗り重ねた唇をそっと噛み締めた。

摩耶との最後の夕食——今夜、わたしは摩耶の好物ばかり作った。せめてもの罪滅ぼしのつもりだった。

そう。罪滅ぼし。

罪人はわたしで、摩耶には何の非もないのだから……。

6

雨と風は一段と激しさを増しているようだった。

いつものように用賀で高速道路を下り、一般道で会社に向かっている。今夜は珍しく荷台が空だったから、会社にトラックを返せば、それで仕事は終わりだった。

わたしが今の運送会社に転職して長距離の仕事をするようになったのは、2年前の秋に百合香と付き合い始めてすぐのことだった。

長距離トラックの仕事は、勤務時間がとても不規則だった。何時間も運転席に座り、同じ姿勢でハンドルを握り続けているというのも、肩が凝り、腰が痛くなって、考えていた以上にきつかった。きちんとした睡眠が取れないせいで、運転中に睡魔に襲われることもしばしばだった。

けれど、辞めたいとは思わなかった。長距離トラックの仕事は、それまでの仕事に比べると、ずっと実入りがよかったからだ。

わたしは男と同等に稼ぎたかった。わたしが女だからという理由で、一緒に暮らしている百合香に経済的な苦労をかけたくなかった。

百合香のために――。

そう。すべては百合香のためだった。百合香のためになら、わたしはどんなことでもするつもりでいたのだ。

それなのに……それなのに……。

でも、もういい。もう考えない。

今夜ですべてが終わるのだ。わたしがこうして長距離トラックに乗るのも、これが最後なのだ。

目の前の信号が黄色から赤に変わり、わたしはゆっくりとブレーキを踏み込んだ。荷台が空なので、大型トラックは呆気《あっけ》ないほど簡単に停止した。

わたしのトラックの数メートル前の横断歩道を、銀色の傘を差した、もう若くない女が足早に渡って行く。年は40歳ぐらいなのだろうか？　白いパンツスーツ姿の、とてもほっそりとした女だった。

女は傘と体を前方に傾け、正面から吹き付ける雨と風に向かって歩いていた。銀色の傘の周りから、雨が絶え間なく滴り落ちていた。

知恵子？

いや……横断歩道を横切る女は、佐野知恵子にとてもよく似てはいたが、もちろん、彼女ではなかった。

雨はほとんど横殴りだったから、女が穿いている真っ白なパンツの裾が膝の辺りまで濡れて、向こう脛《ずね》にぴったりと張り付いていた。肩のところで切り揃えた女の髪が、バサバサと激しくなびいていた。

佐野知恵子と出会ったのは今からちょうど10年前、わたしが25歳の夏だった。わたしが3番目の転職先として選んだ運送会社で、彼女が経理事務をしていたのだ。

勤務を始めてすぐに、佐野知恵子とわたしは親しくなった。わたしは無口で、人付き合いのいいほうではなかったけれど、彼女のほうから気さくに話しかけ、いろいろとアドバイスをしてくれたり、相談に乗ってくれたりしたのだ。

佐野知恵子はとても意志の強そうな、少し思い詰めたような、少し悲しげな顔をしていた。彼女は極端に痩せていて、腕と脚がとても長かった。サラサラとした黒い髪をいつも肩のところで切り揃えていて、たいていはパンツスーツをまとい、あまり踵《かかと》の高くないパンプスを履いていた。化粧は薄くて、耳たぶに小さなピアスを光らせていたけれど、ほかにアクセサリーは付けていなかった。短く切り詰めた手の爪は、たいていはピンクやパールなどの淡い色のマニキュアに彩られていた。

佐野知恵子は本当に、ガリガリという感じに痩せていた。これ以上痩せたら危険なのではないか、と心配になるほどだった。体重はきっと、40キロに満たなかったのではないかと思う。172センチのわたしより10センチほど低かったから、たぶん、知恵子の身長は百合香と同じぐらいだったのだろう。

知恵子はわたしより5つ上だったから、あの頃はちょうど30歳だったはずだ。けれど、いつも毅然としているせいか、仕事ぶりがテキパキとしているせいか、ちょっと冷たい口調のせいか、それよりもずっと年上に感じられた。一緒に事務室で働いていた社長の奥さんも、知恵子には一目置いているのがわかった。

あれはわたしがあの運送会社に入って1カ月半ほどが過ぎた、9月の半ばのことだった。とても蒸し暑い夜だったと記憶している。

その日、配達先でささいなトラブルがあって、わたしが会社に戻ったのはいつもよりかなり遅い時間になっていた。社長も社長の奥さんも帰宅してしまって、事務所に残っていたのは佐野知恵子だけだった。

「お疲れさま、松本さん。大変だったわね」

あの晩、佐野知恵子は優しい口調でそう言って、疲れ切って帰社したわたしを笑顔で迎えてくれた。

「佐野さん、こんな時間まで待っていてくれたんですか？　ご迷惑をおかけしてしまって、すみません」

わたしは深く頭を下げた。

「いいの、いいの。わたしはひとり暮らしで、家に帰っても誰も待っていないんだから……そうだ。今、何か冷たいものでもいれるから、松本さん、ここで少し休んでから帰りなさいよ」

「そんな……いいですよ。もう帰りますから」

「遠慮しないで。わたしも飲みたいんだから」

そう言うと、彼女は冷蔵庫からアイスコーヒーのポットを取り出し、それをふたつのグラスになみなみと注ぎ入れた。

事務室の片隅の来客用のソファに向き合ってそのアイスコーヒーを飲みながら、あの晩、彼女とわたしはあれこれと話をした。

話といっても、たいしたことではない。いつものように、知恵子が取り留めのない世間話を提供し、わたしがそれに頷いたり、お愛想笑いをするという感じだった。

いつものように、あの日も知恵子はパンツスーツ姿だった。痩せこけた体に張り付くような、ぴったりとした黒いパンツスーツだったように記憶している。

そこに座って30分ほどが過ぎた時、空になったグラスをストローで手持ち無沙汰《ぶさた》にすすっていたわたしに、「松本さん、あなた、好きな人はいるの？」と、さりげない口調で彼女が訊いた。

「いいえ。いません」

素っ気なくわたしは答えた。

そういう質問をされることが、わたしは昔からすごく嫌いだった。

「そう？　いないんだ？　あの……こんなことを訊いたら気を悪くするかもしれない

けど……松本さんは……男の人を好きになったことはあるの?」

パンツスーツに包まれたほっそりとした脚を組み替えながら、佐野知恵子がなおも尋ねた。今度はさっきほど、さりげない口調ではなかった。

「いいえ。ありません」

少しムッとして、わたしはそう答えた。

それほど親しいわけでもない彼女に、そんなことを尋ねられるのがひどく不愉快だったのだ。

「どうして? どうして、好きになった男の人がいないの?」

彼女がなおも尋ねた。

「どうしてって……それは……それは、男が嫌いだからです」

ムッとした勢いで、思わずわたしはそう言った。言ってしまってから、「しまった」と思った。自分が同性愛者であるということを、自分から打ち明けてしまったようなものだったからだ。

しばらくの沈黙があった。ちょっと不快な沈黙だった。

わたしは「コーヒー、ありがとうございました」と言って、空のグラスを持って立ち上がりかけた。

そんなわたしに彼女が言った。

「ねえ、松本さん……もし、よかったら……わたしと付き合ってみない？」

その突然の言葉は、わたしをひどく驚かせた。いつも冷静で、毅然としていて、少し冷たくさえ見える彼女が同性愛者だとは、夢にも思わなかったのだ。

わたしは再びソファに腰を下ろし、目の前に座っている自分より5つ年上の女をじっと見つめた。佐野知恵子も無言のまま、意志の強そうなその目で、わたしを真っすぐに見つめていた。

かなりの長い沈黙のあとで、佐野知恵子が再び口を開いた。

「わたしね……松本さんが会社に来た瞬間に、あなたを好きになっちゃったの。だから……松本さんがわたしの恋人になってくれたら、すごく嬉しいわ。どう？　わたしと付き合ってくれない？　嫌な思いは絶対にさせないわ」

細く描かれた眉を寄せるようにして話す佐野知恵子の顔を、わたしはなおもしばらく、無言で見つめていた。彼女はきちんと化粧をしていたけれど、それは社長の奥さんみたいに毒々しいものではなかった。

わたしはひどく戸惑っていた。

それまでわたしが好きになったのは同性ばかりだった。そういう同性と、抱き合ったり、唇を合わせたりしている自分を想像してみたこともあった。

それにもかかわらず、女と女が実際に恋人として付き合うというのは、25歳のわたしにとって、やはり、普通ではないことに……人々から白い目で見られることのような、後ろめたいことに感じられた。

それでも、わたしは言った。

「付き合っても、いいですよ」

「本当？」

佐野知恵子がアイシャドウで彩られた目を大きく見開き、驚いたように、そして、嬉しそうにわたしを見つめた。

「ええ。本当です」

佐野知恵子から目を逸《そ》らし、わたしは素っ気なく言った。そんなことを、どんな口調で言えばいいのか、よくわからなかったのだ。

「嬉しいっ！」

わたしの言葉を聞いた佐野知恵子が、叫ぶように言った。いつも冷静な彼女のそんな声を聞くのは初めてだった。

ソファから弾むように立ち上がると、佐野知恵子は今度はわたしの隣に腰を下ろした。そして、一日の労働で汗ばんだわたしの体を両腕でぎゅっと強く抱き締め、淡い色のルージュに彩られた唇を、口紅なんて一度も塗ったことのないわたしの唇にそっと重ね合わせて来た。

喫煙者だった佐野知恵子の口からは、微かに煙草《たばこ》のにおいがした。

7

佐野知恵子は意志が強そうで、少し神経質そうな、少し険のある顔つきをしていた。顔立ちはそれなりに整っていたが、可愛らしいという感じでも、愛くるしいという感じでもなく、今までにわたしが好きになった女たちとはまるっきり違っていた。

それにもかかわらず、わたしは知恵子と付き合うことに同意し、その週のうちに、ひとりで暮らしていた江東区のアパートを出た。そして、わずかばかりの家財道具と一緒に、知恵子が借りていた杉並区のマンションの部屋に移り住んだ。

わたしが知恵子と付き合うことに決めた理由？

その理由のひとつは、たぶん……孤独だった。寂しさだった。

わたしは自分を強い人間だと思っていた。わたしには逆境にも負けない、雑草のような逞しさがあるのだとも思っていた。

けれど、このままずっと、ひとりきりで人生を送っていくのかと思うと、やはり孤独を感じないわけにはいかなかった。

彼女のような同性愛者と巡り会えることはめったにあることではないのだから、このチャンスを逃す手はない。

きっと、わたしはそう思ったのだろう。

それから、もうひとつの理由として、もしかしたら……性的な欲求もあったのかもしれない。

そう。あの時、25歳だったわたしは、女である知恵子の裸の肉体に触れてみたい、その体を抱き締めてみたいと欲した。同時に、女である知恵子の手で、裸の体に触れられてみたい、裸の自分をその手で抱き締めてもらいたいとも欲した。

会社で仕事をしている時の佐野知恵子は、冷静沈着で、真面目で事務的で、下世話な冗談は決して口にせず、わたしから見ても、少し近寄りがたいような雰囲気を漂わせていた。いつも下品な冗談ばかり言っている男の運転手たちも、知恵子の前ではそういうことは絶対に口にしなかった。

そう。会社での知恵子は、性的なことにはまったく関心がないような……そういうことは、忌《い》まわしくて穢《けが》らわしいことだと考えているような顔をしていた。

けれど、本当の知恵子は、性的経験がとても豊富なようだった。これまでに何人かの女たちと付き合って来ただけでなく、男と付き合ったことも何度となくあるらしかった。

ふたりきりの寝室で、処女で何も知らなかったわたしに、佐野知恵子はさまざまな行為を繰り広げた。そして、25歳だったわたしは、その行為が自分にもたらす強い快楽に酔いしれた。

指や舌、唇や前歯を総動員して行われる彼女の愛撫は、わたしにはまるで魔法のようにさえ感じられた。

無意識のうちに自分の口から漏れ続けている淫らな声に、あの頃のわたしは何度も驚いたものだった。

そうなのだ。知恵子の愛撫を受けたわたしは、その口から女が性行為の時に漏らすような、はしたない声を発していたのだ。男の愛撫を受けた女のように身を悶えさせ、無我夢中で呻き、知恵子にしがみついて喘いでいたのだ。

快楽、快楽、快楽……そして、また快楽。

知恵子とのそれはまさに、果てしなく続く快楽の連続だった。

「あっ……うっ……いやっ……あっ……ああっ……ダメっ……」

知恵子の愛撫を受けたわたしは、何時間にもわたって、自分でも恥ずかしくなるような淫らな声を漏らし続けた。

やはりわたしは女だったのだ。男ではなく、女だったのだ。

それはわたしが、そう気づいた瞬間でもあった。

一緒に暮らし始めたばかりの頃のわたしたちは、その行為ばかりしていた。仕事が休みの土曜日と日曜日には、目が覚めてから眠るまで、ほとんど一日中、断続的に抱き合っていたと言ってもいいほどだった。

知恵子はわたしを愛撫するだけでなく、わたしにもそれを求めた。そんな行為の中で、わたしは女を喜ばせる方法を学んだ。

ギスギスに痩せていて、皮下脂肪がまったくないせいか、知恵子はわたしが与える刺激に実によく反応した。それはまるで、全身のすべてが性感帯であるかのようだった。

「摩耶っ……じょうずよ……そうよっ……あっ、いいっ……うまいわっ……あっ……いいっ……あああっ……」

知恵子があんまり敏感に反応して声を上げるので、わたしは自分がまるで、楽器を奏でているかのような気持ちになったものだった。

佐野知恵子とは5年にわたって付き合った。

最初の頃は本当に楽しかった。ずっと一緒にいたいとも思った。けれど、やがて……わたしは彼女と別れたいと考えるようになっていった。

わたしと一緒に暮らしていた杉並区のマンションに、知恵子は時々、戻って来ないことがあった。せっかくの週末なのに、部屋にわたしを残して出かけてしまうことも少なくなかった。

知恵子にはほかに、付き合っている男がいたのだ。それはセックスフレンドみたいな存在で、知恵子はその男のことを『ただの遊び友達よ』と言って笑っていた。だが、わたしにはそんな知恵子がとても穢らわしく感じられた。男の部屋から戻って来た知恵子に触れられると、嫌悪感にゾッとすることもあった。

さらに、知恵子がわたしをひどく束縛しようとすることも、彼女からわたしの心が離れていった原因のひとつだったように思う。

そう。知恵子はわたしの生活に干渉し、わたしに自分の好みを押し付け、わたしの行動をひどく束縛した。

わたしは体を動かすのが好きだったから、知恵子と付き合うまでは、休日にはいつも公園や川沿いの遊歩道を走っていた。会社のあとでは、週に何度かスポーツクラブにも通っていた。

だが、知恵子と付き合い始めてからは、それがまったくできなかった。知恵子が、一緒に帰ろうとか、買い物に付き合えとか、外で食事をしようとか、一緒に映画を見ようとか言うので、そんな時間が作れなかったのだ。

知恵子とわたしとは、食べ物の好みも、着るものの好みも、映画や本や音楽の好みもまったく違っていた。知恵子はわたしには合わせようとしなかったから、いつもわたしが彼女に譲歩しなければならなかった。

自分はしばしば男と出歩いていたくせに、知恵子はわたしには自由を与えなかった。常にわたしを管理し、常にわたしを束縛しようとしたのだ。

そんな生活を5年にわたって続けるうちに、わたしはほとほと疲れてしまった。

けれど、わたしが知恵子と別れようと思った本当の理由は……知恵子の男の存在や、彼女がわたしを束縛しようとすることなどではなかったのだと思う。

今になって思えば、その本当の理由は……きっと、わたしが知恵子に飽きたからなのだろう。最初から好きでもないのに、ただ性的な欲望に駆られて一緒に暮らし始めたから……だから、その行為に飽きて来ると、一緒にいるのが苦痛に感じられるようになっただけなのだろう。

わたしの好みは、一般的な男たちのそれとよく似ていた。

わたしは可愛らしくて、綺麗で、女っぽい女が好きなのだ。たとえば、アイドルタレントみたいな、そういう女が好みなのだ。

けれど、佐野知恵子はそういうタイプの女からはほど遠かった。

彼女は拒食症かと思うほどに痩せていて、裸になると骨と皮ばかりだった。皮下脂肪のまったくない体は、抱き合っているとゴツゴツして感じられた。胸の膨らみは皆無と言ってもいいほどで、ただ、そこに干し葡萄《ぶどう》みたいに大きくて黒ずんだ乳首がくっついているだけだった。

そんな知恵子に抱かれていると、わたしはしばしば、男に抱かれているような錯覚を覚えた。

わたしが別れを切り出すと、知恵子は見たこともないほどに取り乱し、自分の髪を掻き毟って泣きわめいた。そして、「いやよっ！　別れたくないっ！　わたしは絶対に別れたくないっ！」とヒステリックに叫んだ。

けれど、知恵子が泣けば泣くほど、わたしの心は彼女から離れていった。

そんなふうにして、わたしは佐野知恵子と別れた。同時に、勤務していた運送会社にも辞表を出した。

あれは今から5年前のことで、わたしは30歳。そして、佐野知恵子は今のわたしと同じ35歳だった。


あの時は知恵子のことを鬱陶しいと思った。うざったいと思った。

けれど、今になると、自分は知恵子に何てひどいことをしたのだろうと思う。

あの時の知恵子の気持ちを思うと、何とも言えない嫌な気分になる。

そうなのだ。わたしはひどい人間なのだ。自分勝手で、相手の気持ちを思いやれない、わがままな人間なのだ。

もしかしたら……わたしは今、5年前に知恵子にしたことの罰を受けているのかもしれない。大型トラックの運転席から横断歩道を渡る白いパンツスーツの女を見つめながら、わたしはぼんやりとそんなことを思った。

知恵子は今、どこで、何をしているのだろう？　時々は、わたしのことを思い出したりもするのだろうか？

第2章

1

わたしが同性と付き合うのは摩耶が初めてだった。

けれど、同性と唇を合わせるのは……実は、摩耶とが初めてではなかった。

あれは今から10年ほど前、高校2年が終わろうとしていた頃のことで、相手は同じ吹奏楽部に所属していた一学年上の女性だった。

彼女の名前は……確か……常盤《ときわ》……そうだ。常盤みどりさんといった。

函館市内にあったわたしたちの高校はかなり自由な校風だったから、女子生徒の中には化粧をしたり、髪を染めたり、パーマをかけたり、手や足の爪にエナメルを塗り重ねたり、アクセサリーを光らせて学校に来る人がたくさんいた。

もちろん、わたしもそんなひとりで、長い髪の毛を今と同じ麦藁色に染め、目と唇に化粧をし、ネックレスやブレスレットをつけ、自慢の脚がより目立つように制服のスカート丈をギリギリまで短くして学校に通っていた。見えるものではなかったけれど、下着だって、いつも可愛いものばかり身につけていた。

学校でも休み時間のたびに、わたしはトイレに行って鏡の前に立った。そして、ほかの女子生徒たちと一緒に、リップグロスを塗り直したり、マスカラを塗り重ねたり、アイラインを整えたり、長い髪にブラシをかけたりしていた。

けれど、常盤みどりさんはそういうタイプの女子生徒ではなかった。

常盤さんは背が高くて、とてもすらりとしていたけれど、目立つ人ではなかった。どちらかといえば、彼女は地味で、無口で、少し引っ込み思案な感じだった。いつもメタルフレームの眼鏡をかけていて、化粧はしていなかったし、長い髪は黒いままだった。マニキュアもしていなかったし、アクセサリーもつけていなかった。

吹奏楽部での常盤さんはずっと、わたしと同じトローンボーンを担当していた。けれど、特に親しいということはなかった。それどころか、あの日までは、口をきいたことも数えるほどしかなかった。

冬は終わりに近づいていたけれど、雪がちらつくとても寒い夜だったと思う。東京とは違って、函館はうんざりするほど冬が長いのだ。

あの晩、夕食後にわたしが自分の部屋のベッドに寝転び、音楽を聴いていたら、突然、常盤さんが家にやって来た。はっきりとは覚えていないけれど、たぶん……午後9時を大きくまわっていたと思う。

母に「百合香、お友達がいらしたわよ」と言われ、わたしは慌てて玄関に向かった。

「湯川さん、夜分にごめんなさい。あの……どうしてもあなたに聞いてもらいたいことがあって……それで来ちゃったの」

玄関のドアの前に立った常盤さんが、ためらいがちにそう言った。

あの前日か前々日に、常盤さんはわたしたちの高校を卒業していた。たぶん、東京の大学か、専門学校に進学することになっていたと記憶している。だが、詳しいことは知らなかった。

こんな時間に何の話だろう？

そう思いながらも、わたしは常盤さんを自分の部屋に招き入れた。

家の中に入った瞬間、常盤さんの眼鏡が真っ白に曇り、彼女が慌てたように、それをハンカチで拭いていたことを、なぜかよく覚えている。それから、あの晩の常盤さんを見たわたしが、『きょうは少しお洒落にしてるな』と思ったことも覚えている。

あの晩の常盤さんは、ぴったりとした細身のジーパンに、ぴったりとしたタートルネックのピンク色のセーター姿で、スタイルのよさがよくわかった。セーターの上には白いダウンジャケットを羽織っていた。やっぱり化粧はしていなくて、寒い中を歩いて来たせいで、ソバカスの浮き出た頬と鼻の先とがピンク色に染まっていた。

あの晩、わたしは彼女のために熱いココアをいれた。そして、わたしの部屋の片隅にあった古いソファに並んで座ってそれを飲みながら、好きな音楽についてや、吹奏楽部の部員たちについての取り留めのない話をした。

部屋の中はとても暖かかったから、わたしはジーパンの上に、白い薄手のセーターを着ていただけで、足は裸足だった。その爪の先で、さっき塗り直したばかりのペディキュアが鮮やかに光っていた。それを見た常盤さんが、「ペディキュア、綺麗ね」と褒めてくれたことを覚えている。

聞いてもらいたいことがある——。

確かに、常盤さんはそう言った。けれど、そんなふうには見えなかった。彼女の口から出るのは、本当にどうでもいい、取り留めのない話ばかりだった。

彼女と並んで座っているあいだ、わたしはずっと、『常盤さんは何をしに来たんだろう？』『いつまでここにいるつもりなんだろう？』と、そんなことばかり考えていた。

たぶん、常盤さんが来て30分ほどが過ぎ、カップの中のココアが空になった頃だったと思う。彼女が急に、「湯川さん、わたしのことをどう思ってる？」と、少し口早に、わたしの顔も見ないままに訊いた。

「どうって……あの……優しくて……すごくいい先輩だと思ってます」

本当は何も思っていなかったのだけれど、とっさにわたしはそう答えてしまった。わたしは昔から八方美人で、いつも反射的に、思ってもいないお世辞や、おべっかを口にしてしまうのだ。

「わたしね……あの……わたし……」

膝の上の自分の手と、空っぽのカップに視線を落とし、とても言いづらそうに常盤さんが言った。「わたし、湯川さんを……あの……何ていうか……特別に可愛い後輩だと思っているの」

「そうですか。あの……ありがとうございます」

下を向いた常盤さんの顔を見つめ、わたしは曖昧に笑った。

常盤さんはきっと、わたしのことを『好きだ』と言いたかったのだろう。つまりあの晩の彼女は、わたしに愛の告白をしに来たのだ。

けれど、あの時のわたしはそれに気づかなかった。みんなからしばしば『百合香って、天然ボケだよね』と言われているように、わたしは昔から鈍くて、とてもぼんやりとしていて、かなり勘が悪いのだ。

しばらくの沈黙のあとで、常盤さんがローテーブルに空のカップを置いた。そして、次の瞬間、わたしのほうに体を向け、無言のまま両手でわたしをギュッと抱き締めた。

痩せている割りには大きな常盤さんの乳房が、わたしの胸に強く押し付けられた。

そのいきなりの出来事に、わたしはひどく驚いた。「いやっ」という声が漏れてしまうほどだった。

けれど、わたしは彼女の手を振りほどきはしなかった。そんなことをしたら、常盤さんが傷つくと思ったのだ。

わたしが抵抗しないことに安心したのだろう。やがて、常盤さんがわたしの唇に自分の唇を合わせた。そして、わたしの口の中に、そっと舌を差し込んで来た。

わたしは反射的に目を閉じ、少し口を開いて彼女の舌を受け入れた。常盤さんの掛けたメタルフレームの眼鏡が、わたしの顔にひんやりと触れた。

常盤さんの舌からは、たった今まで飲んでいたココアの味がした。

キスの経験はそれが初めてではなかった。わたしにはあの頃、付き合っている男子生徒がいて、その子とはしばしばキスをしていた。

その男子生徒はわたしと唇を合わせているあいだ、いつも必ず片手でわたしの乳房を乱暴に揉みしだいた。それが痛くて、わたしはいつも呻きを漏らしたものだった。

その男子生徒の荒々しくて、欲望に満ちたキスとは違って、常盤さんのそれはとても優しかった。そして、常盤さんの唇は、思っていたよりずっと柔らかかった。

彼女は唇を合わせながら、しばらく……たぶん、30秒か1分ぐらいのあいだ、わたしを抱き締めていた。

ああっ、わたしは今、女同士で唇を合わせているんだ。わたしは今、女とキスをしているんだ。

常盤さんと唇を合わせながら、わたしはそう思った。

不思議なほどに嫌悪感はなかった。だが、男子生徒とキスをしている時に感じる、胸の高鳴りのようなものもなかった。それは何ていうか……命を持たない人形と唇を合わせているみたいな感じだった。

やがて、唇を離した常盤さんが、わたしをじっと見つめた。わたしもまた、常盤さんの顔を見つめ返した。

わたしの顔に触れていたせいで、常盤さんの眼鏡のレンズが少し曇っていた。色白の顔は上気して、赤く染まっていた。

「湯川さん……あの……ありがとう……」

しばらくわたしを見つめていたあとで、常盤さんがそう言った。ふたりの唾液に濡れた唇が光っていた。

何と言ったらいいかわからず、わたしは曖昧に笑った。

「あの……湯川さん……また、ここに来てもいい？」

わたしを見つめて常盤さんが尋ね、わたしはとっさに、「ええ。どうぞ」と言った。

それからまた、曖昧に笑った。

そうなのだ。わたしには昔から、困惑してしまうと意味もなく笑うという、悪い癖があるのだ。

あの晩、わたしは帰宅する常盤さんを玄関まで送って行った。

玄関で靴を履いたあとで、常盤さんがまた、わたしの体を両手で抱き締めた。そして、もう一度、わたしの口にキスをしようとした。

けれど、わたしはそれを拒んだ。家の誰かに見られることを恐れていたのだ。

「ごめんなさい。でも……両親も弟もいるから……」

わたしが言い訳し、常盤さんが無言で首を左右に振った。

「明日もまた来るね。いいでしょ？」

「ええ。あの……いいですよ」

「うん。また、明日も来る。絶対に来る」

そう言うと、常盤さんは玄関を出て行った。

常盤さんが帰ったあとで、わたしはとても悩んだ。もし、これからも、彼女が毎日のように会って来て、今夜のようなことを求めたら……いや、それ以上のことを求めたら……そう考えると、悩まずにはいられなかった。

いくら鈍くて、ぼんやりとしていて、勘の悪いわたしでも、その時にはすでに、常盤さんがわたしを好きだということはわかっていた。そして、彼女がわたしと、特別な関係になりたがっていることもわかっていた。

けれど、わたしには彼女と付き合うつもりはまったくなかった。

どう言えばいいんだろう？　どう言えば、常盤さんを傷つけずに断ることができるんだろう？

その日、わたしは夜明け近くまで悩んでいた。

けれど、翌日、どういうわけか、常盤さんは来なかった。その翌日も、そのまた翌日も来なかった。

なぜ彼女が来なかったのかは、今もわからない。自分のしていることが異常なことだと気づいたのかもしれないし、わたしが困っていることがわかったのかもしれない。

とにかく……それっきり、わたしは常盤さんとは会っていない。彼女の噂を耳にしたこともない。

今になってみれば、たわいのない話だ。

わたしはその後、すっかり彼女のことを忘れてしまって、きょうになるまで思い出したことはほとんどなかった。

常盤さんは今、どこでどうしているのだろう？　わたしが摩耶と暮らしているのを知ったら、彼女はどう思うのだろう？

2

凄まじい雨と風の中、ようやくのことで会社に戻る。

決められたいつもの場所に大型トラックを停止させ、サイドブレーキを引き、エンジンを切る。

2年間、いつも一緒に働いて来たこの10トントラックとも、これでお別れだ。

イグニッションからキーを抜いた瞬間、何の脈絡もなく、急に……このトラックで島根県の日本海沿いの国道を走っている時に、生まれて初めて海に沈んでいく夕日を見たことを思い出した。

それから……刻々と激しくなっていく吹雪の道を、『頑張って』『あと少しよ』と、このトラックを励ましながら、青森に向かって走り続けていた時のことを思い出した。そう。このトラックはわたしの相棒だったのだ。一緒に戦いを続けて来た、大切な戦友だったのだ。

運転席に腰を下ろしたまま、さらにわたしは思い出した。

今夜みたいな大雨の夜、名神高速道路を走行中に右後輪の内側のタイヤがパンクしてしまい、路肩に車を停めて、ずぶ濡れになってタイヤの交換をしていた時のことを思い出した。あの時、自分がトラックに、『よりによって、こんな晩に、こんなところでパンクしなくてもいいでしょ！』と文句を言ったことを思い出した。

「きょうまで無事に走り続けてくれて、どうもありがとう……あの……いろいろと無理をさせてごめんね……これからも元気に働いてね……さようなら」

大きなハンドルを握り締めて、わたしはトラックに言った。

泣くつもりなんかなかったのに、また涙が滲み出て来た。

更衣室のロッカーの前で汗くさい制服を脱ぎ捨て、ゆったりとした白いTシャツをまとう。擦り切れたジーパンに脚を通し、くたびれたランニングシューズを履く。

更衣室に男たちの姿はなかったけれど、もし、誰かがいたとしても同じことだった。この小さな運送会社で働いている女の運転手はわたしだけだったから、女性専用の更衣室などあるはずがなかった。

着替えを終えたわたしが更衣室のドアのところでタイムカードを押していると、たった今、会社に戻って来たばかりらしい運転手のひとりが更衣室に入って来た。岩田さんというベテラン運転手だった。

「よお、松本さん、これから帰りかい？」

真っ黒に日焼けした顔をわたしに向けて、岩田さんが笑った。

「ええ。そうです。岩田さんは今、お戻りですか？」

わたしもまた笑顔で岩田さんに訊いた。

「ああ、そうだよ。きょうは雨と風がすごくて大変だったな。松本さん、危ないことはなかったかい？」

岩田さんが言った。彼の息から微かに煙草のにおいがし、わたしはまた、喫煙者だった佐野知恵子のことを思い出した。

「ええ。視界が悪くてちょっと運転しづらかったけど、大丈夫でした。岩田さんのほうはどうでした?」

「うん。俺も問題なかったよ。いつもより気を遣って疲れたけどな」

「そうですね。疲れましたね。それじゃあ、お先に失礼します」

「ああ。お疲れさま。これから台風がもっと近づいて来るらしいから、くれぐれも運転に気をつけて帰りな」

岩田さんが言い、わたしは「ありがとうございます。岩田さんもお気をつけて」と言い、彼に頭を下げて更衣室を出た。

この会社で働く男たちが、わたしのことをどう思っているかは知らない。けれど、想像はつく。男たちは、いや、事務所で働いている女たちも、わたしのことを『中年のレズ』と思っているに違いないのだ。

それでも、男の運転手たちは、わたしを差別しなかったし、特別扱いもしなかった。心の中ではどう思っているにせよ、戦争の最前線で一緒に戦っている兵士のように対等に、彼らはわたしに接してくれていた。

わたしにはそれが心地よかったし、嬉しかった。

だが、この心地よい職場とも、これでお別れだった。

3

わたしの軽自動車は、事務所から30メートルほどのところに停めてあった。男の運転手たちが、唯一の女の運転手であるわたしのために、いつも事務所に一番近いところに車を停めさせてくれているのだ。

けれど、傘があったにもかかわらず、吹き付ける猛烈な風と雨、それに地面を川のように流れる水のせいで、ランニングシューズとジーパンの膝から下がびしょ濡れになってしまった。

軽自動車の運転席に座ると、わたしはタオルで腕と顔を拭いた。それから、ジーパンの尻のポケットから携帯電話を取り出して、百合香に『今、会社。これから帰ります』とメールをした。

ふたつ折りの黒い電話を開いた瞬間、また百合香の笑顔が目に入り、わたしは無言で唇を嚙み締めた。

今度はすぐに百合香からの返信が来た。

『はーい！　待ってまーす。運転に気をつけて』

百合香からのメールには今度も、いくつかの絵文字や記号が入っていた。

小さな携帯電話を助手席に放り出すと、わたしはゆっくりと車を発進させた。つい先日、ようやくローンを払い終えたばかりのこの軽自動車にわたしが乗るのも、これが最後になるはずだった。

凄まじい風雨の中、わたしは慎重に車を走らせた。そして、可愛らしい百合香の顔を思い浮かべながら、悪夢のようなあの夜のことを思い出した。


あれは1週間ほど前のこと……正確には6日前の晩のことだった。

いつものように、あの晩も、わたしはリビングダイニングルームのテーブルで百合香と向き合って食事をしていた。

いつものように、わたしたちはワインを飲んでいた。よく冷やしたフランス製の白ワインだった。

かつてのわたしは缶ビールや缶チューハイばかり飲んでいた。けれど、百合香がフランスワインを好きだったから、彼女と一緒に暮らすようになってからは、わたしも夕食の時にはワインを飲むようになっていた。

いつものようにあの晩も、テーブルの上には百合香が作った手の込んだ料理の数々がところ狭しと並んでいた。色白の百合香の顔はいつものように、白ワインの酔いでピンク色に染まっていた。

翌日は仕事が休みだったから、わたしはいつも以上にくつろいだ気分だった。この食事が済んだら、いつものように百合香とふたりで映画を見て、それから、いつものように寝室で愛し合うつもりだった。

いつものように。そう。いつものように——。

けれど、その時、突然、悪夢がわたしに襲いかかって来た。

「ねえ、摩耶、あの……話があるの」

食事が終わりに差しかかった時、少し思い詰めたような口調で、百合香がそれを切り出したのだ。

「なあに？」

わたしは顔を上げ、百合香の可愛らしい顔を見つめた。

そう。百合香の顔は、どれほど眺め続けていても飽きないほどに可愛らしかった。

「あのね……実は、わたし……好きな人がいるの……男の人よ……わたし、その人と結婚することに決めたの」

百合香の言葉を聞いた瞬間、わたしの頭の中が真っ白になった。同時に、心臓が激しく高鳴り、強烈な吐き気が喉元まで込み上げて来た。

わたしはぼんやりと百合香の顔を見つめた。

百合香の言葉はわたしにとって、確かに驚きだった。けれど……まったく予期していなかった、というわけではなかった。それどころか、いつかそんな時が来るのではないか、いつか百合香が別れを切り出すのではないかと、この2年のあいだ、わたしはいつも怯《おび》え続けていたのだ。

こんなに幸せでいいはずがない。わたしがこんなに幸せになっていいはずがない。

百合香との生活の中で、わたしは毎日のようにそう思っていた。

ついに、この時が来た――。

真っ白になった頭の中で、わたしはぼんやりと思った。

あの時、何をどう言えばいいのかわからず、わたしは百合香の顔を見つめ続けていた。息苦しいほどに心臓が高鳴っていた。体がブルブルと震えるのもわかった。胃が硬直して、今にも嘔吐《おうと》しそうだった。

けれど、わたしは取り乱さなかった。涙を流すこともしなかった。もちろん、嘔吐することもなかった。

しばらく百合香の顔を見つめていたあとで、わたしはフーッと長く息を吐いた。それから、できるだけ静かな口調で百合香に尋ねた。

「その人とはいつから付き合っているの？」

「半年前なの」

可愛らしい顔を悲しげに歪め、申し訳なさそうに百合香が小声で言った。

その瞬間、淡いピンク色に染まった百合香の頰を、思い切り張り飛ばしてやりたいという衝動にわたしは駆られた。

そうなのだ。百合香は半年ものあいだ、わたしを騙《だま》し続けて来たのだ。その男と付き合いながら、寝室ではわたしに体を愛撫させていたのだ。その男に愛撫された体を、わたしにまさぐらせていたのだ。

けれど、百合香を殴りつけたいという衝動を、わたしは何とか抑えた。

「百合香がそう決めたなら、わたしはそれでいいよ」

努めて冷静に、わたしは言った。そして、その声があまりに落ち着いていることに、わたし自身が驚いた。

「ごめんなさい……あの……もっと早く言おうと思ったんだけど……」

言い訳でもするかのように百合香が言葉を続けた。「でも……どうしても言い出せなくて……摩耶……許して……ごめんなさい……」

「謝らないで！　謝られると、惨めになるから」

今度は、強い口調でわたしは言った。その時になって、さまざまな感情が、まるでマグマのように一気に込み上げて来た。

わたしは勢いよく立ち上がり、今にも泣き出しそうな百合香の顔をじっと見つめた。

それから、何も言わずにトイレに向かった。

トイレに向かって歩いている途中で、目から涙が溢《あふ》れ出た。びっくりするほど大量の涙だった。

わたしはトイレに駆け込むと、床に敷いたマットの上にしゃがみ込み、両手で顔を覆い、声を殺して泣いた。

わたしの人生には辛《つら》いことがたくさんあった。辛いことばかりと言っても言い過ぎではないほどだった。

けれど、あの時ほど辛いことはなかった。

絶望――。

そう。つまり、そういうことだった。


凄まじい嵐の中、自宅のあるマンションに向かって軽自動車を走らせている。

間もなく自宅だった。

思えば、この台風は6日前に遥か南方で発生したものだった。百合香があの話を切り出す前に見ていたテレビの天気予報で、気象予報士がこの台風の発生を告げていたことを、わたしは覚えていた。

ほんの6日前までのわたしは、家が近づいて来ると心が浮き立つような喜びを覚えたものだった。

だが、もちろん、今はそんなことはなかった。

風はさらに強くなった。猛烈な風に煽られるたびに、小さくて軽い車が浮き上がってしまうのではないかと思うほどだった。

ラジオのニュースによれば、台風は真夜中に東京に最接近するらしかった。明日は打って変わって、台風一過の晴天になるようだった。

明日は？

いや、明日のことなど考える必要はなかった。

百合香にとって……そして、わたしにとっても……きょうが人生で最後の日なのだ。

わたしは今夜、百合香を殺し、自分も死ぬつもりでいるのだ。

男に取られるぐらいなら……そんなことになるぐらいなら、この手で百合香を殺してしまいたかった。

わたしは百合香と寄り添って死にたかった。わたしと同じ絶望を、その男にも味わわせてやりたかった。

4

刻々と激しさを増し続けている風雨が、一際大きな音を立てて窓ガラスに吹き付け、わたしは反射的に窓に目をやった。

無数の雨粒に洗われたガラスには、若くて、綺麗で、とても華やかな、ほっそりとした女が映っていた。

えっ？　誰なの？

わたしの視線は、その美しい女の姿に釘付けになった。

窓ガラスに映った女は、華奢な体に張り付くようなぴったりとした白いホルターネックのワンピースをまとっている。細くてとても長い首、痩せて尖った肩、くっきりと浮き上がった鎖骨、毛先が柔らかくカールした麦藁色の長い髪、細くて引き締まった腕、びっくりするほどにくびれたウェスト……ミニ丈のワンピースの裾からは、バービー人形みたいに細くて長くて、とても形のいい2本の脚が美しく突き出している。

わたし？　わたしなの？

そうだ。わたしだ！　これがわたしなんだ！　これが本当のわたしなんだ！

その事実が、わたしの胸を高鳴らせた。

今夜のわたしは、まるでこれから外出でもするみたいに着飾り、丁寧に化粧を施している。耳たぶには大きくて派手なピアスをぶら下げ、首にはペンダントのついたネックレスを、骨張った手首には太いブレスレットを、アキレス腱《けん》の浮き出た足首には華奢なプラチナのアンクレットを光らせている。香水だって、ちゃんとつけている。

これがわたしなんだ！　これが本当のわたしなんだ！

わたしはまた、わくわくしながらそう思った。

そう。わたしは昔からお洒落をしたり、着飾ったりするのが大好きで、自宅にいる時も綺麗に化粧をし、体に香水を吹き付け、たくさんのアクセサリーを身につけていた。脚には自信があったから、いつもミニスカートやショートパンツを穿いていた。足元は絶対にハイヒールで、踵の低い靴なんて一足も持っていなかった。

けれど、摩耶は、わたしが着飾ったり、化粧をしたり、お洒落をしても、あまり喜ばなかった。口にはしなかったけれど、そういう格好は『男に媚《こび》を売るためのものだ』という考えを持っているみたいだった。

それで摩耶と付き合うようになってからのわたしは、何となく、肌の露出の少ない服ばかり買うようになっていた。この2年間は、ハイヒールはほとんど買っていなかったし、アクセサリー類も数えるほどしか買っていなかった。摩耶が『臭い』と言うから、香水もほとんどつけなくなった。

わたしにしても、そういう暮らしが嫌だったわけではない。朝から化粧をしなくて済むのは楽だったし、髪をセットしなくていいのも楽だった。ゆったりとした服で過ごすのも楽だったし、踵の低い靴で歩くのも楽だった。

そうなのだ。外見に気を遣わなくていいというのは、とても楽なことなのだ。可愛くしなくてもいいということは、それだけで本当に楽なことなのだ。

それでも、やっぱり……何となく……今のわたしは、本当のわたしではないような……何かが足りないような……いつもそんな気がしていたのは事実だ。

きょう、久しぶりに着飾って、たくさんのアクセサリーを身につけ、しっかりと化粧をし、長い髪をドライヤーで整え、マニキュアとペディキュアを塗り、全身に香水を吹き付け、わたしはようやく本来の自分に戻ったような気になった。

これがわたしなんだ！　明日からは、元の自分に戻るんだ！　ここで暮らしていたわたしは、本当のわたしではなかったんだ！

猛烈な雨の吹き付ける窓ガラスに映ったモデルのような女を見つめ、わたしはそんなふうに思った。


『幸せか？』と訊かれたら、わたしは『ええ』と答えるかもしれない。『毎日が楽しいか？』と訊かれたら、やはり『ええ』と答えるかもしれない。

そう。摩耶は優しくて、頼り甲斐があり、心遣いが細やかだったから、摩耶との暮らしが楽しくないということは決してなかった。このままずっと摩耶とふたりで、こんなふうに暮らし続けていてもいいと思うこともあった。

けれど……これから先の長い人生のことを思うと、やはり不安にならないわけにはいかなかった。

この暮らしは普通ではない。この暮らしは人の道から外れている。摩耶とわたしは、人には言えないような暮らし方をしている——。

それはつまり、そういうことから来る不安だった。

今年の正月にも、高校や大学時代の友人たちからたくさんの年賀状が届いた。その中には結婚をして名字が変わったり、赤ん坊を産んだりした友人もいた。

そういう年賀状を見ていると、わたしの心は揺れた。


摩耶と一緒に外出すると、しばしば人々の視線を感じる。それはかつて、男の恋人といた時に感じた視線とは明らかに質の違うものだった。

好奇の視線――。

おそらく、そういうことなのだろう。

そういえば、つい先日もこんなことがあった。

近所のスーパーマーケットでの買い物から戻って来た摩耶とわたしは、このマンションのエントランスホールでエレベーターを待っていた。わたしたちのほかに、そこには制服姿のふたりの女子高生がいて、やはりエレベーターを待っていた。

高校生のくせに、彼女たちは長く伸ばした髪を明るい色に染め、睫毛にマスカラを塗り重ね、目の周りをアイラインでくっきりと縁取り、リップグロスをつややかに光らせていた。そして、ピアスやブレスレットやネックレスをつけ、制服のスカートの裾を下着が見える寸前まで短くしていた。

その姿はまるで、かつてのわたしのようだった。

女子高生のひとりは、このマンションの9階の住人の娘だった。言葉を交わしたことは一度もなかったが、エレベーターでわたしはしばしば彼女を見かけていた。

エレベーターが下りて来るのを待ちながら、摩耶がわたしに何かを話しかけ、わたしがそれに答えた瞬間のことだった。

このマンションに暮らしている女子高生のほうが、もうひとりの女子高生に素早く目配せをし、相手の脇腹を肘《ひじ》で軽くつついたのだ。そして、脇腹をつつかれたほうの女子高生が、わたしたちに素早い視線を――好奇心いっぱいの視線を向け、直後に慌てて目を逸らしたのだ。

摩耶はそれに気づかなかったようだった。

けれど、わたしはそれをはっきりと見た。

わたしたちふたりを見る女子高生の目には、溢れるほどの好奇心が――動物園で珍しい生き物を見ている時のような好奇心が満ちていた。

摩耶とわたしは自分たちの部屋のある7階でエレベーターを下りてしまったから、その後のことは知らない。けれど、わたしたちがいなくなった直後に、ふたりの女子高生が何を言い合ったのかは容易に想像がつく。

『ねえ。今のふたり見た？』

『見た、見た』

『あれが7階に住んでるレズのカップルだよ』

『やっぱり。そうだと思った』

『わかった？』

『見ればすぐにわかるよ。気持ち悪いね』

『でしょう？』

ふたりの女子高生は、そう言って笑い合ったに違いないのだ。そして、その後もきっと、摩耶とわたしがどんなふうに暮らし、ベッドではどんなことをしているのかなどを、勝手な空想を交えて話し合ったに違いないのだ。

けれど、あの日のことは特筆すべきようなことではなく、摩耶と一緒にいると、嫌になるくらい頻繁に感じて来たことだった。

そう。摩耶とふたりでいるから、そういうふうに見られるのだ。

たとえば……そう、たとえば、大学からの友人の木下沙弥加《さやか》とわたしが一緒にいる時には、たとえ女同士であっても、絶対にあんなことはない。

木下沙弥加はお洒落で、いつもちゃんと化粧をして着飾って、アクセサリーをたくさんつけ、手入れの行き届いた長い髪を美しくなびかせている。ベアトップやホルターネックのワンピースや、ミニスカートやショートパンツを身につけ、とても踵の高いブーツやパンプスやサンダルを履いている。わたしも沙弥加と会う時は、彼女と同じような可愛い格好をしている。

だから、木下沙弥加とわたしが一緒にいたとしても、『レズのカップル』だとは絶対に思われない。

沙弥加とわたしは、ただの女友達に見えるのだ。

けれど、摩耶はそうではない。

摩耶は化粧をしていない。髪を伸ばしていない。香水をつけていない。ハイヒールを履いていない。肩や脚を剝《む》き出しにしていない。わたしとお揃いのマリッジリングのほかには、アクセサリーをつけていない。着ているものはいつだって、飾り気のないTシャツに擦り切れたジーパンで、靴は男みたいなランニングシューズだ。

摩耶がそんなだから、彼女とわたしとは、人々から好奇の目を向けられるのだ。もしも、わたしが第三者だとしても、わたしたちふたりを見たら『レズのカップル』だと思うに決まっている。

その証拠に、木下沙弥加とわたしがふたりで街を歩いていると、男たちからしばしば声をかけられる。けれど、摩耶とわたしが一緒にいる時に、男たちに声をかけられたことは一度もない。

このままでいいのだろうか？　いつまでも、こんな暮らしを続けていて、本当にいいのだろうか？

そんなことを思っていたわたしの前に、ひとりの男が現れた。

それが田中勇気だった。

5

摩耶と一緒に暮らし始めて、わたしはあの運送会社を辞めた。登録していた人材派遺会社も辞めた。

摩耶がそうしてもらいたがったからだ。

摩耶はわたしに、『生活費はわたしが稼ぐから、百合香は働かなくていいよ』と言ってくれた。そして、彼女は生活のために、勤務時間が不規則で大変だけれど、収入のいい長距離トラックの運転手を始めた。

その言葉に甘えて、わたしは1年ほどのあいだ、外で仕事はせず、専業主婦のような暮らしをしていた。

わたしは摩耶と自分の衣類を洗濯し、部屋やトイレや浴室やキッチンを隅々まで掃除し、ベランダで布団を干し、買い物に行って食料品を買い込み、このキッチンで手の込んだ食事を作った。1日に最低でも1品は、料理の本を見ながら今までに作ったことのない料理を作るというのが、わたしの方針だった。

花瓶にはいつも花を生け、部屋にはアロマオイルの香りを漂わせた。そして、カーテンを自分の好みのものに買い替え、浴槽には香りのいい入浴剤を入れた。

そういう生活はそれで悪くなかった。わたしの母がそうだったように、きっとわたしも専業主婦に向いているのだ。

けれど、1年ほど前から、週に2日か3日、わたしは近所にあるスーパーマーケットで働くようになった。ずっと家にひとりきりでいるのは退屈だったし、自分の洋服代や化粧品代ぐらいは自分で稼ぎたいと思ったのだ。

田中勇気はそのスーパーマーケットの店長だった。

田中勇気は決してハンサムではなかったけれど、明るくて剽軽《ひょうきん》で、とてもお茶目な人だった。みんなに平等で、責任感があり、誰かがミスをしても決して責めず、失敗の責任はすべて自分が取っていた。年はわたしより3歳年上の29歳だったけれど、童顔のせいで、それよりいくつか若く見えた。

すごくいい人だな。

あのスーパーマーケットで働き始めてすぐに、わたしは自分が彼に関心を持っていることに……もっとはっきり言えば、自分が彼を好きだということに気づいた。

自分の気持ちのことだというのに、そのことにわたしは少し驚いた。

今までわたしが好きになったのは、ハンサムなスポーツマンタイプの男ばかりで、田中勇気はそういう男たちとはあまりに掛け離れていたからだ。

しばらくのあいだ、わたしは自分の気持ちを抑えていた。

わたしには摩耶がいた。そして、摩耶は今まで付き合って来た男たちの誰よりも、わたしのことを大切にしてくれていた。

けれど、抑えようとすればするほど、彼に対するわたしの気持ちは高まっていった。

やがてわたしは、彼に自分の気持ちを打ち明けた。男の人に自分のほうから告白するのもまた、初めてのことだった。

わたしが好きだと告白すると、田中勇気はとてもびっくりした顔をした。そして、顔を真っ赤にして、嬉しそうにわたしを見つめた。

「あの……僕なんかで、本当にいいのかい？」

あの日、誰もいない事務室で、彼がおどおどとした口調で訊いた。

わたしが笑顔で頷くと、彼は満面の笑みを浮かべ、「やったーっ！」と叫びながら、両手の拳《こぶし》を胸の前でぐっと握り締めた。

わたしには、そんな彼の無邪気な仕草も好ましく思えた。

そんなふうにして、半年ほど前から、彼とわたしは恋人として付き合い始めた。

摩耶のことは隠していたにもかかわらず、わたしはすぐに恋人ができたことを友人たちに——大学の時からの親友だった木下沙弥加と森山加奈恵と、小池玲子《れいこ》と古川佑美に打ち明けた。

わたしの話を聞いた友人たちは、みんな少し意外そうな顔をした。

「そんな人でいいの？」

木下沙弥加は真剣な顔でわたしに訊いた。

「百合香がスーパーの店長と付き合うなんて意外」

森山加奈恵はそう言って首を傾《かし》げた。

木下沙弥加の恋人は医学部の学生だった。森山加奈恵の恋人は一流大学を卒業して、大手の広告代理店に勤めていた。小池玲子の恋人は今は大手食品メーカーのサラリーマンだったが、いずれは父親が経営している食品会社に入ることになっていた。古川佑美の彼は一流新聞社に勤務していて、今はベトナムのホーチミン支局で働いていた。

そんな彼女たちの恋人と比べると、スーパーマーケットの店長という田中勇気の職業は、確かに少し見劣りがした。彼女たちの恋人はみんな、一流の大学を卒業していたが、田中勇気が出たのは、わたしが名前も知らない私立大学だった。

けれど、わたしは気にしなかった。

わたしは今までも交際相手に過剰な期待を抱いたことはなかった。わたしにとって大切なのは、『好きか、嫌いか』だけだった。相手がどんな仕事をしていようが、どんな大学を出ていようが、いくらの年収があろうが、そんなことは関係なかった。

好きか、嫌いか――。

そう。だからこそ、わたしは摩耶と付き合ったのだ。

田中勇気はわたしが思っていた通りの人だった。今まで付き合って来た男たちとは違って、彼はわたしの外見だけでなく、心の内側にも関心を向けてくれた。わたしの話にも、真剣に耳を傾け、いろいろと親身になってアドバイスもしてくれた。

それがわたしには嬉しかった。

彼といるのは、とても楽しかった。何より、摩耶といる時のように周りの人々の視線が気にならないのがよかった。

彼には摩耶の存在は話してあった。だが、わたしは彼に摩耶のことを、『一緒に暮らしている仲のいい女友達』だとしか言っていなかった。

「あの……百合香……あの……僕と結婚してくれないか？」

つい先日、横浜のイタリア料理店で食事をしていた時に、彼が顔を真っ赤に染め、しどろもどろになってわたしに言った。

「結婚？　わたしと？」

わたしは驚いたような顔をした。

けれど、驚いていたわけではなかった。きっと間もなく、彼がそれを切り出すだろうと思っていたのだ。

「うん。あの……百合香さえよかったら……あの……そうしてもらいたいんだ……あの……百合香が幸せになるように全力を尽くすよ」

顔を赤くしたまま、彼がわたしを見つめた。

「そうね。いいわよ」

わたしは言った。その言葉は、わたし自身の耳にも随分と軽く聞こえたけれど、出まかせではなく、本心だった。

「えっ、いいの？」

顔を真っ赤にしたまま、田中勇気が少し意外そうにわたしを見つめた。

「ええ。結婚しましょう」

「本当かい？」

「ええ。本当よ」

あの時、ほとんど考えることもなく、わたしは頷いた。

そう。田中勇気の求婚を受けた瞬間に、ほとんど迷うことなしに、わたしはそれを決めたのだ。

摩耶よりも彼を愛しているから？

たぶん、そうだ。わたしは摩耶より彼を愛しているのだ。

いや……どうなのだろう？　わたしは本当に、摩耶よりも田中勇気を愛しているのだろうか？

自分のことだというのに、わたしには自分の心さえはっきりとはわからない。

ただ、はっきりとわかっているのは……田中勇気は男で、摩耶は女だということだ。田中勇気とは結婚できても、摩耶とはそれができず、田中勇気とのあいだに子供を作ることはできても、摩耶とのあいだではそれができないということだ。

わたしの言葉を耳にした田中勇気は、わたしから愛の告白を受けた時と同じように満面の笑みを浮かべた。そして、あの時と同じように、「やったーっ！」と無邪気に叫びながら、両手の拳を胸の前でぐっと握り締めた。

6

何日も前から言い出そうとしてやめたあとで、6日前の夕食の時——わたしはついに、摩耶にその話を切り出した。

「ねえ、摩耶、あの……話があるの」

その日の食事が終わりに差しかかった時、わたしは重い口を開いた。

「なあに？」

冷えた白ワインを飲みながら食事を続けていた摩耶が、その日焼けした顔をわたしのほうに向けた。

日当たりのいい運転席に一日中、座り続けているというのに、摩耶は日焼け止めクリームさえ塗らなかったから、いつも真っ黒に日焼けしていた。

わたしに視線を向けた摩耶は、いつものように優しげに微笑んでいた。薄い唇のあいだから、真っ白な歯がのぞいていた。お風呂上がりだったけれど、彼女の精悍な顔には、一日の労働による疲労がわずかに見られた。

「あのね……実は、わたし……」

なおも少し迷ったあとで、ためらいがちにわたしは言った。「好きな人がいるの……男の人よ……わたし、その人と結婚することに決めたの」

その瞬間、摩耶の顔から笑みが消えた。スーッと、音もなく消えた。同時に、その顔から表情というものが、まったくなくなった。

まるで惚《ほう》けたように、摩耶は呆然《ぼうぜん》とわたしの顔を見つめていた。

ああっ、言ってしまった。わたしはついに、言ってしまった。

わたしは膝の上で、両手を強く握り合わせた。その左の薬指には、摩耶とお揃いのマリッジリングが嵌められていた。

とても長い沈黙があったように記憶している。

わたしはさらに言葉を続けようと思った。けれど、何も言えなかった。言うべきことが、何も見つからなかったのだ。

随分と長いあいだ、わたしの顔を惚けたように見つめていたあとで、摩耶がフーッと長く息を吐いた。

摩耶は薄い唇を何度かなめ……何かを言おうとして、それを止め……また何かを言いかけて、それを止め……それから、ようやく口を開いた。

「その人とはいつから付き合っているの?」

静かで、落ち着いた口調だったけれど、摩耶の声は少しだけ震えていた。

「半年前なの」

わたしが答えた瞬間、筋肉の張り詰めた摩耶の右腕がピクリと動いた。

殴られる。

わたしはそう思い、反射的に身を引いた。

けれど、摩耶は殴ったりはしなかった。

そう。これまで、付き合っていた男たちから殴られたり、ぶたれたりしたことは何度かあった。けれど、摩耶がわたしに手を上げたことは、ただの一度だってなかった。

「百合香がそう決めたなら、わたしはそれでいいよ」

声を震わせながら、固い表情で摩耶が言った。わたしを見つめる切れ長の目が、わずかに潤んでいた。

「ごめんなさい……あの……もっと早く言おうと思ったんだけど……」

親に言い訳をする子供のように、わたしは怖《お》ず怖《お》ずと言葉を続けた。「でも……どうしても言い出せなくて……摩耶……許して……ごめんなさい……」

「謝らないで！」

わたしの言葉を遮るかのように、強い口調で摩耶が言った。「謝られると、惨めになるから」

直後に、摩耶が勢いよく椅子から立ち上がった。そして、座っているわたしをじっと見つめた。

あの時の摩耶の悲しげな顔は忘れられない。あの顔を思い出すと、今も心が痛む。

立ち上がった摩耶は、無言のまま部屋を出てトイレに向かった。途中からは小走りになった。

きっと、摩耶はトイレの中で泣いていたのだろう。そのあとで廊下で擦れ違った摩耶の目は、真っ赤に充血して瞼が腫《は》れていた。

あの晩から、摩耶は寝室のダブルベッドではなく、リビングダイニングルームのソファで寝るようになった。悪いのはわたしなのだから、わたしがソファで寝ようと思ったのだが、摩耶がそうさせてくれなかったのだ。

あの夜、いつもはふたりで寝ている大きなベッドに、ひとりきりでもぐり込んだわたしは、込み上げる罪悪感にほとんど眠ることができなかった。

摩耶には何の非もないのだ。もし、非があるとすれば……それは摩耶が女だということだけなのだ。

7

マンションの地下駐車場に軽自動車を停めて、1階にいたエレベーターを呼んで乗る。人々の傘から滴り落ちたらしい水滴で、エレベーターの床に敷かれた分厚いマットがびっしょりと濡れている。

いつものように、わたしたちの部屋のある7階でエレベーターを下りた。エレベーターの中はとても静かだったけれど、その扉が開いた瞬間、猛烈に吹きすさぶ風雨の音がまた聞こえた。チラチラとした蛍光灯に照らされた廊下のタイルも、濡れて光っていた。

その廊下をゆっくりと歩き、わたしは自分たちの部屋のドアの前に立った。そして、あちらこちらに錆《さび》の浮いた鉄のドアの脇に貼られた、白く細長いプラスティック製のプレートを無言で見上げた。

『MATSUMOTO・YUKAWA』

2年前、一緒に暮らすために百合香がここにやって来た時、自分がその文字をマジックペンでプレートに書き込んだことを思い出した。あの時、自分がどれほど嬉しかったかを思い出した。

ああっ、どうしてこうなってしまったのだろう？

プラスティック製のプレートをしばらく見つめていたあとで、この2年、ずっとそうして来たように、わたしはインターフォンのボタンを押した。

ピンポーン。

『はい……』

この2年、ずっとそうだったように、インターフォンから百合香の細くて透き通った声がした。

「わたし……」

インターフォンに向かってわたしは言った。

すぐに百合香がドアを開けた。その瞬間、ビーフシチューのものらしい濃厚な香りが、わたしの鼻を強く刺激した。バターの焦げるような素敵な香りもしたし、パンの焼ける芳《こう》ばしいにおいもした。

そう。百合香はとても料理が得意で、この2年、わたしのために毎日のように、驚くほど手の込んだ料理の数々を作ってくれていた。

「ただいま」

小声でそう言うと、わたしは戸口に立った百合香をまじまじと見つめた。

これが百合香？

瞬間、わたしは思った。

そこにいるのは、昨日までの百合香とはまったく別人に見えたからだ。

玄関に立った女は、尖った両肩が剝き出しになった、白いミニ丈のホルターネックのワンピースをまとっていた。ほんの少し腰を屈《かが》めたら下着が見えてしまいそうに丈の短い、ぴったりとした、とてもセクシーなワンピースだった。

その女は整った顔に濃く化粧を施し、スイカのような香水の香りを強く漂わせていた。手だけでなく、足の爪にも派手なエナメルを光らせていた。ふと見ると、玄関のたたきには、これで歩けるのかと思うほど踵の高いサンダルが置かれていた。

ピアス、ネックレス、ブレスレット、指輪、アンクレット……女は華奢な全身にいくつものアクセサリーを光らせていた。けれど、その左の薬指からは、わたしとお揃いのマリッジリングが外されていた。

そうなのだ。すでに百合香は、わたしと出会う前の彼女に戻ったのだ。可愛くて、セクシーで、か弱くて……少し頼りなげで、ちょっと鈍くて、ちょっとぼんやりで……男たちがいかにも好きになりそうな、かつての百合香に戻ってしまったのだ。

「おかえりなさい」

小さく揃った白い歯を見せて百合香が微笑んだ。

わたしは化粧をした女があまり好きではない。化粧なんて、男に媚びるためにするものだからだ。

それにもかかわらず、濃く化粧が施された百合香の顔を、わたしはつくづく可愛らしいと思った。つくづく綺麗だと思った。そして……『手放したくない』と心から思った。

「うん。ただいま……」

たった今、口にしたばかりの言葉を、わたしはまた繰り返した。

「すごい雨ね。運転、平気だった？」

「大丈夫だった。慣れてるからね」

「そう？　お疲れさま」

百合香の吐く息からはスペアミントの香りがしたけれど、その口調にはこれまでと特に変わったことはなかった。

湿ったランニングシューズをたたきに脱ぐと、わたしは部屋の中に入った。じっとりと湿った外の空気とは違い、エアコンの効いた室内の空気は、ひんやりとして乾いていた。そして、いつものように、料理のにおいに交じってアロマオイルの香りが漂っていた。今夜のアロマオイルはベルガモットのようだった。

玄関を入ってすぐ左側の小部屋に、引っ越し会社のロゴマークの入った無数の段ボール箱が積み上げられているのが見えた。昨日までは寝室にあった鏡台も今はそこに移動されていたし、百合香が幼い頃から大切にしているという大きな熊のヌイグルミもその部屋にあった。ここに引っ越して来る時に百合香が持参した、クリーム色の笠の付いた背の高い真鍮《しんちゅう》製の電気スタンドまでがそこにあった。

きっとすでにクロゼットからは、大量にあった百合香の衣類がすべてなくなっているのだろう。下駄箱の扉を開ければ、そこからはハイヒールのブーツやサンダルやパンプスが一足残らず消え、わたしのスニーカーやランニングシューズだけが、まるで取り残されたかのように置かれているのだろう。

わたしの中に改めて、強い悲しみが込み上げて来た。


玄関からわたしは真っすぐに浴室へと向かった。仕事から戻ると、まず汗を流すというのが、長いあいだのわたしの習慣だった。

レモンバーベナの香りの漂う脱衣場で服と下着を脱ぎ捨て、全裸になって鏡の前に立つ。その大きな鏡に映った自分の姿を、無言のままじっと見つめる。

今も週に何度かスポーツクラブでウェイトトレーニングをしているせいで、わたしの体には皮下脂肪がほどんどなく、とても引き締まっていて逞しかった。腕には筋肉が盛り上がっていたし、腹部にもくっきりと筋肉が浮き上がっていた。乳房や乳首は昔から小さくて、今も思春期を迎えたばかりの少女みたいだった。

男のよう？

いや、決してそうではない。わたしが男に生まれ変わりたいと思ったことは、ただの一度もない。

だからこそ、腕や脚に生える毛を、わたしは毎日のようにカミソリで処理している。腋《わき》の下の毛は、毛抜きで一本一本、丁寧に引き抜いている。

そう。わたしは男ではなく、女なのだ。女として女を愛したいだけなのだ。

ドアを開けて浴室に入る。浴室にはいつものように、百合香の好きなクリスチャン・ディオールのボディソープの香りが充満していた。けれど、そのボディソープのボトルはどこにも見当たらなかった。

百合香はもうすでに、この浴室での最後の入浴を終えたようだった。昨日まで浴室の棚にいくつも並んでいた百合香のシャンプーやコンディショナーなどが、今はもうひとつもなかった。爪の長い百合香が髪を洗う時に使っていた器具も、ヘアコンディショナーを髪に馴染《なじ》ませるために使っていたブラシも、体を洗う時の柔らかいスポンジも、踵の角質を取るためのヤスリみたいな器具も見当たらなかった。

ガランとした浴室の棚をしばらく見つめていたあとで、わたしは湯を張った浴槽に裸の体を横たえた。いつものように、浴槽の湯からは素敵な芳香が立ちのぼっていた。今夜はカモミールのようだった。

百合香は香りのいい入浴剤がとても好きで、毎日のように浴槽の湯からは違う香りが立ちのぼっていた。

その香りの湯に身を浸した瞬間、わたしの中にまた悲しみが込み上げて来た。

百合香はわたしに、日々の生活を楽しむということを教えてくれた。

そのひとつが、部屋に飾られた花であり、部屋に漂うアロマオイルの香りであり、ベランダに並べられたたくさんのハーブの鉢だった。そのひとつが、浴槽から立ちのぼる入浴剤の芳香であり、洗剤の香りのする清潔な衣類であり、隅々まで片付いた清潔な部屋であり、干したばかりの布団だった。

百合香と暮らすようになるまで、わたしは花にも香りにも関心がなかった。きっと、そういうものを楽しむ余裕もなかったのだろう。

けれど、百合香がやって来てからの部屋の中は、いつも花が飾られ、いつも洒落た香りが満ちていた。

薔薇《ばら》、ライラック、ジャスミン、スズラン、ヒヤシンス、水仙、カーネーション、オレンジフラワー、プリメリア……百合香との暮らしの中で、わたしはそれらの香りの違いを識別できるようになった。

壁の向こうから、皿の触れ合うカチャカチャという音が聞こえた。百合香がテーブルに、食器やワイングラスを並べているのだ。

日々の生活を楽しむことを知っている百合香は、洒落た食器を使うのが好きだった。だから、彼女がここに来てしばらくのあいだ、わたしたちは休日ごとに食器を買い続けたものだった。

ああっ、百合香……百合香……。

湯の中で揺れる黒い性毛を見つめていたら……泣くつもりはないのに、また涙が込み上げて来た。

目の縁から溢れた涙が頬を流れ落ちていくのを感じながら、わたしは百合香との最後の性行為を思い浮かべてみようとした。百合香が別れを切り出した前日かその前日の晩に、寝室のダブルベッドの上で百合香がそのほっそりとした指で、わたしの体に触れていた時のことを――。

けれど、なぜか、わたしの心に浮かんで来たのは、ほっそりとした百合香の白い指ではなく、ゴツゴツとした男の白い指だった。

8

母のふたり目の夫は、背が高くて色の白い、物静かで華奢な体つきの男だった。郵便局員だった彼の仕事は、赤いオートバイに乗って家々に手紙やハガキなどを配達することだった。

真面目でおとなしくて気の弱い彼は、大柄で気の強い母に完全に尻に敷かれていて、いつも母の言いなりになっていた。だが、わたしの目には、彼がそれを嫌がっているというより、喜んで受け入れているように見えた。

彼は母にとても優しかったが、妹やわたしにも同じように優しかった。仕事の帰りには、彼はしばしばわたしたちにケーキやアイスクリームを買って来てくれた。仕事が休みの日にはドライブに連れて行ってくれることもあったし、一緒に近くの公園に行って遊ぶこともあった。母の代わりに、妹の沙織やわたしの授業参観に来てくれたこともあった。沙織はそんな彼がとても好きだったようで、『ジンちゃん、ジンちゃん』と言って懐いていた。

最初の頃はわたしも彼が好きだった。優しくて穏やかな彼を、本当の父親のように慕って頼りにしていたのだ。

けれど、小学校の高学年になった頃から、わたしは彼を恐れ始めた。その理由は……彼がわたしに、性的な虐待を加えるようになったからだ。

観光バスのガイドをしていた母には、泊まりの仕事が少なくなかった。2日や3日続けて家に戻って来られないことも、しばしばあった。

男がわたしに性的な虐待を働くのは、決まってそんな、母のいない夜だった。母がいない夜――男はわたしを「摩耶、ちょっとおいで」と言って、自分たちの寝室に連れ込もうとした。

本当は大声を出して暴れたかった。けれど、妹に知られるのが恥ずかしくて、いつもわたしはたいした抵抗をしなかった。

いや、最初の頃は激しく抵抗したこともあった。

そんなわたしの頬を、男は力まかせに平手で張った。

いつもは穏やかだった男の顔が、そういう時には鬼みたいに変わった。その顔と、暴力が恐ろしくて、わたしは抵抗をやめたのだ。

寝室のドアにしっかりと鍵を掛けたあとで、男はわたしから着ているものを脱がせ、わたしの下着を剝《は》ぎ取った。そして、全裸になったわたしを大きなベッドに——母と彼とが何度も性交を繰り返したはずのダブルベッドに横たえ、わたしの体のいたるところに舌を這わせた。

「摩耶……いい子だ……可愛いよ……おまえは本当に可愛いよ……」

わたしの顔や体にベタベタとした舌を執拗に這わせながら、男はうわ言のようにそう繰り返した。

そんな時、わたしはいつも、しっかりと目を閉じ、奥歯をぐっと嚙み締めた。そして、石のように体を固くし、頭の中を空っぽにして、凄まじい嫌悪感と、猛烈なおぞましさに耐えた。

性的な虐待を始めたばかりの頃の男の行為は、わたしの体を撫《な》でたり、なめまわしたりするだけで終わっていた。けれど、その行為は時とともに少しずつエスカレートしていき、やがて彼は、指を使って自分の男性器を愛撫するようにわたしに命じた。

その後は、硬直したそれを、わたしの口に含ませた。

そうだ。その郵便局員は、まだ小学生だったわたしに、忌まわしいオーラルセックスを強要したのだ。

男はとても色白だったけれど、男性器だけは浅黒かった。そして、それは、小学生だったわたしの口を完全に塞《ふさ》いでしまうほどに巨大だった。

そんな行為の時、男はいつもベッドの上に脚を広げて仰向けに寝転んだ。わたしはそんな彼の脚のあいだにうずくまり、土下座でもするような姿勢で男の股間に顔を伏せ、上を向いてそそり立った男性器を口いっぱいに含んだ。男の股間に密生した黒くて硬い毛が、しっかりと目を閉じたわたしの顔を、チクチクと気味悪く刺激した。

男のそれはとても長くて、本当に太くて、口で息をすることはできなかった。だから、窒息してしまわないように、わたしはいつも鼻孔をいっぱいに広げ、必死で呼吸を確保したものだった。

性的に高ぶって来ると、仰向けの姿勢のまま、男はしばしばわたしの髪を両手でがっちりと鷲摑《わしづか》みにした。そして、わたしの顔を上下に乱暴に打ち振らせ、硬直した男性器をわたしの口の奥深くに、何度も繰り返し、荒々しく突き入れた。

喉の奥を強く突き上げられ、わたしはいつも男性器を吐き出して激しく咳き込んだ。胃が痙攣《けいれん》を起こし、嘔吐してしまったことも一度や二度ではなかった。

「もう、いやっ……お願い……もう許して……」

わたしは涙を流しながら、いつもそう訴えた。顎の先からはいつも、たらたらと唾液が滴り落ちていた。

だが、男は決して、途中でそれを終わらせたりはしなかった。

「ダメだよ。さあ、摩耶、続けなさい」

わたしの咳が終わるのを待って、男はまたわたしの口にそれを含ませた。そして、また両手で髪を荒々しく鷲掴みにし、わたしの顔を上下に乱暴に打ち振った。

自分の唇と濡れた男性器の擦れ合うクチュクチュという音が、わたしの耳に絶え間なく入って来た。自分の口から漏れるくぐもった苦しげな呻きや、鼻孔をいっぱいに広げて鼻で必死に呼吸をしている音も聞こえた。

それらの音は、耳を塞ぎたくなるほどにおぞましくて、身震いしたくなるほどに屈辱的だった。

わたしに男性器を含ませたまま、男はしばしば腕を伸ばし、わたしの胸を——まだ申し訳程度にも膨らんでいない乳房を、荒々しく、こねるかのように揉みしだいた。

「むっ……むうっ……うむっ……むううっ……」

わたしはそのたびに身をよじって悶え、唇のあいだからくぐもった呻きを漏らした。心の中では、『早く終われ』『早く終われ』と願い続けていた。

行為はたいてい10分以上、時には20分近く続いた。30分以上にわたって続けられたこともあったと記憶している。わたしはそのあいだずっと、首の痛みと、顎の疲れ、そして、吐き気と息苦しさとおぞましさに耐え続けた。

その行為の終わりにはいつも、男は低く呻きながら、わたしの髪を抜けるほど強く握り締めた。そして、男性器を痙攣させながら、わたしの口の中に、生温かくて粘り気のある液体を大量に放出した。

「摩耶、飲みなさい」

顔を上げたわたしに、男はいつもそう命じた。

わたしは男の暴力が怖くて、おぞましさに身を震わせながらも、頭を空っぽにして口の中の不気味な液体を飲み下した。

こくん……こくん……こくん……。

自分の喉の鳴る小さな音が、いつも耳に届いた。粘り気のある体液が、喉に絡み付きながら食道をゆっくりと下りて行くのがわかった。

忌まわしい過去の記憶を振り払うかのように、わたしは浴槽に身を横たえたまま、頭を左右に強く振った。それから、今度は意識して、モデルみたいに美しい百合香の体を思い浮かべ、そして……彼女の長くて細い首を思い浮かべた。

そう。百合香の首――。

今夜、百合香が眠りに落ちたら、わたしは寝室にそっと忍び込み、彼女のほっそりとした首を両手で絞めて殺してしまうつもりだった。

大丈夫。苦しませたりはしない。何も気づかないうちに、一息に殺してあげる。

それが裏切り者にかける、せめてもの慈悲だった。

わたしは湯の中で両方の掌《てのひら》を広げ、それをじっと見つめた。

わたしの左薬指では今も、マリッジリングが未練がましく光っていた。

第3章

1

調理を終えたわたしは、リビングダイニングキッチンの椅子に腰を下ろし、テーブルに並んだ料理の数々を眺めている。

数種類のナチュラルチーズと、ナッツとドライフルーツとオリーブの実を盛り合わせたオードブル。キャベツとキュウリとトマトと、缶詰のツナとすりおろしたニンニクのサラダ。ハチミツのソースをかけたイチジクとカリフラワーのフリット。昨日から断続的に煮込んでいるビーフシチュー。丁寧に裏ごししたフランス風のマッシュポテト。300度のオーブンでカリッと焼いたチョリソーと、青々とした生のルッコラ。

手作りしたホワイトソースをたっぷりとかけたシタビラメのムニエル。薄力粉と強力粉を練り合わせて焼き上げたフランスパン。

どれも摩耶が好きなものばかりだった。

浴室からは、摩耶の使うシャワーの音が聞こえる。気分のいい時の摩耶は、時々、湯に浸《つ》かりながら鼻歌を歌っている。ああ見えても、摩耶はなかなか音感がいいのだ。

けれど、もちろん、今夜はその歌声はしなかった。

ああっ、今夜で摩耶とは本当にお別れなのだ。きっともう、彼女と会うことは永久にないのだ。

自分から望んでこの暮らしに終止符を打とうとしているというのに……わたしもまた、この生活が終わってしまうのが辛かった。

気が付くと、目に涙が滲んでいた。

けれど、今夜は泣くわけにはいかなかった。泣いたら、せっかくのマスカラやアイラインが滲んでしまうから。

ふと、部屋の片隅に目をやる。そこにアイヌの人たちが作った素朴な木彫りの人形が2体、肩を寄せ合うようにして並んでいる。それは去年の秋、わたしがまだ田中勇気と出会う前、摩耶とふたりで北海道を旅した時に買ったものだった。

その旅は本当に楽しかった。摩耶も楽しかったようで、「これから時々は、こんなふうにふたりで旅行をしようね」と、嬉しそうに言っていた。

けれど……結局、それがわたしたちふたりの最初で最後の旅行ということになった。

そういえば、その旅の途中で、わたしたちは函館に暮らすわたしの両親を訪ねた。

旅の途中で摩耶が急に、「百合香のご両親に挨拶がしたい」と言い出したのだ。

あの時、摩耶はわたしが彼女を両親に、『パートナー』だと紹介してくれるのだと、仄《ほの》かな期待を抱いていたようだった。

「ちゃんと話せば、お父さんもお母さんも、きっとわかってくれるよ」

わたしの目をじっと見つめて、摩耶はそう言った。

けれど、わたしはそれに強く反対した。

「それはダメ。わたしの両親ってすごく保守的な人たちだから、そんなこと聞かせたら、びっくりして死んじゃうわ」

「それじゃあ、ずっと隠しておくつもりなの？」

「ずっとっていうわけじゃないけど……もう少し時間がほしいの」

「もう少しって？」

「だから……もう少しよ」

わたしはそう言って、両親には摩耶を、『同居している会社の先輩』としか紹介しなかった。もちろん、両親と会う前に左薬指のマリッジリングは外していたし、摩耶にもそれを外してもらっていた。

あの時、摩耶はかなり不満そうだった。けれど、彼女は何も言わなかった。両親の前で恋人のように振る舞うこともなかった。

彼女は思いやりのある人だった。

2

また凄まじい風雨が窓ガラスに吹き付けた。ベランダに並べたハーブの鉢のひとつが引っ繰り返り、わたしはビクッとして顔を上げた。そして、その瞬間、テーブルの上に置いてあったピンク色の携帯電話がメールの着信を告げた。

メールは今もスーパーマーケットで働き続けているはずの、わたしの婚約者からだった。今夜の彼は深夜の2時までの勤務予定だった。

わたしはふたつ折りになったピンク色の電話を開いた。

『百合香、どうしてる？　引っ越しの準備は済んだかい？

君が僕の部屋に来てくれるっていうのに、何も手伝ってやれなくてごめんよ。許してください。この埋め合わせは、必ずするからね。

今、倉庫から事務室に戻ったところです。

台風がすごいから、今夜は客も少なくて、店はすごく暇だよ。それでずっと、百合香のことばかり考えてるんだ。明日から百合香と暮らせるなんて……何だか、今も夢を見ているみたいです。

明日の引っ越しにも付き合ってあげられないけど、頑張ってください。

すごく、すごく、愛してる』

無意識のうちに、わたしは微笑んでいた。

田中勇気のメールはいつものように、絵文字や記号がほとんど入っていなかったけれど、それもまた彼らしかった。

田中勇気が店長をし、わたしがパートタイマーとして働いているスーパーマーケットは24時間営業だった。それにもかかわらず、正社員として雇用されているのは、彼と2階の生活用品売り場の責任者の北村さんのふたりだけだった。

だから、田中勇気はいつも本当に忙しかった。休日出勤は当たり前だったし、24時間近く働き続けることも稀《まれ》ではなかった。

夫になる男がどんな仕事をしていようが、口出しをするつもりはなかった。彼がやり甲斐を感じているなら、わたしはそれでよかった。

それでも、働きづめの彼が、いつか体を壊してしまうのではないかと、わたしは早くも妻のようにそれを心配していた。

もうひとりの正社員の北村さんは、かなりちゃらんぽらんな性格で、チャンスがあれば仕事をさぼろうとしていた。だが、北村さんとは対照的に、田中勇気は責任感が強い上に、何でも引き受けてしまうというお人よしなところがあったから、どうしても頑張り過ぎてしまうのだ。

きょうの彼は、朝の6時から店に出ているはずだった。今夜は午前2時までの勤務予定だったけれど、明日はまた午前9時には店に入ることになっていた。

田中勇気からのメールをゆっくりと2度読んだあとで、鮮やかなマニキュアに彩られた長い爪の先で、わたしは彼に返信のメールを打った。

『お仕事、お疲れさま。

引っ越しのことは気にしないで。引っ越し屋さんが何でもやってくれるから、わたしにはやることなんて何もないのよ。

それにしても、勇気くん、今夜は2時まで仕事なのに、明日は9時に出勤なんて、いくら何でも働き過ぎよ。

勇気くんが病気になったら、わたしが悲しむわ。わたしを悲しませないように、体には本当に気をつけてね。

明日の晩はわたしがごちそうを作るわ。おいしいワインも用意しておくから、勇気くんが帰って来たら、ふたりで引っ越しのお祝いをしましょうね。

それでは、2時まで頑張って。いいえ。あんまり頑張らないで。

すごく好きよ。愛してるわ。

勇気くんの百合香より』

いくつもの絵文字や記号をちりばめたメールを、またゆっくりと二度読み返したあとで、わたしはそれを彼に送信した。そしてまた、浴室から続いているシャワーの音を聞きながら、テーブルに並んだ料理の数々をぼんやりと眺めた。

田中勇気とわたしが初めて肉体的な関係を持ったのは、付き合い始めた1カ月後のことだった。わたしにとってそれは、およそ2年ぶりの男との性行為でもあった。

あの日、わたしは微かな胸のときめきを覚えていた。

男性器が恋しかった？

まさか！　そんなふうに考えたことは、一度もない。

けれど……けれど、もしかしたら……もしかしたら、心のどこかで、わたしはそう思っていたのかもしれない。摩耶はその行為の時に、疑似男性器のようなものを使うことはなかったから……だから、わたしは男性器の挿入を受けるということに……もしかしたら……何らかの期待を抱いていたのかもしれない。

けれど、わたしの仄かな期待とは裏腹に、田中勇気のそれは、かなり乱暴で、かなり自分勝手で、かなり稚拙《ちせつ》で、とても一方的で独善的なものだった。そして、2年ぶりで受け入れた男性器は、わたしに苦痛しか与えなかった。

摩耶との行為の時にはいつもある、目眩《めくるめ》くような絶頂感を、あの日のわたしは覚えなかった。摩耶との時にはいつもある、気を失いそうになるほどの恍惚《こうこつ》感を、あの日のわたしは感じなかった。

いや、あの時だけではなく、田中勇気との性行為でわたしが性的絶頂に達したことは、これまでに一度もなかった。本当の意味での快楽を覚えたことも一度もなかった。田中勇気のことを考えていたはずなのに……わたしはいつの間にか、寝室での摩耶との行為を思い出していた。

そう。摩耶とのそれは本当に素晴らしかった。思い浮かべるだけで胸が高鳴り、下腹部が疼《うず》いてしまうほどだった。

男たちとの行為では、わたしはしばしば痛みを覚えた。屈辱感を覚えることもあったし、苦しみに呻くこともあった。

そういう痛みや苦しみ、屈辱感に、被虐的な喜びを覚える女たちも確かにいるのかもしれない。けれど……わたしにとっては、苦しみは苦しみであり、痛みは痛みだった。屈辱感を特にいいと思うこともなかった。

摩耶との行為では、痛みを覚えることはまったくなかった。屈辱もなかったし、苦しみもなかった。

そこにあったのは、目眩くような快楽だけだった。

3

同性愛者の女たちは、その行為の時に、疑似男性器を使うものなのだと、わたしはずっと思い込んでいた。一般的にはヴァイヴレーターと呼ばれている、合成樹脂でできたグロテスクな電動の疑似男性器だ。

だから、わたしは、摩耶も寝室で、わたしにそれを挿入するつもりなのだろうと思っていた。少し怖くはあったし、少しおぞましい気もしたが、その挿入を受け入れる覚悟もしていた。

けれど、摩耶はそれを使わなかった。持ってさえいなかった。

グロテスクな電動の疑似男性器を使う代わりに、摩耶は自分の指を使った。舌や唇や前歯を使った。そして、それはわたしに、驚くほど強烈な快楽をもたらした。

摩耶と付き合うまでのわたしは、自分のことを『不感症なのかもしれない』と思うこともなくはなかった。何度かは、男たちから、そんなことを指摘されたこともあった。

どういうわけか、男たちとの性行為では、わたしはほとんど性的な喜びを感じなかった。淫らな声を漏らしながらも、頭の中はいつも冷静だったのだ。

けれど、どうやらわたしは、不感症ではなかったようだ。

摩耶の愛撫を受けている時、わたしはいつも、自分の体のすべての部分が性感帯になったように感じる。

そうなのだ。摩耶に触れられると、腕も首も肩も背中も感じてしまうのだ。腹部も腰も太腿《ふともも》もお尻も……膝や向こう脛や足首や、足の指の一本一本、手の指の一本一本までもが感じてしまうのだ。

そして、わたしはもう何も考えられなくなり、無我夢中で淫らな声を上げ、無我夢中で悶えてしまう。あまりの快楽の強さに、時には意識を失いさえする。

そういう自分の存在には、わたし自身が驚いたほどだった。

摩耶と別れることで、目眩くようなその快楽とも永遠のお別れだった。

わたしにはそれが、少し名残り惜しいような気もした。

人生において、セックスがそれほど大切だとは思わない。だが、素晴らしいセックスがもたらしてくれる喜びは、少なくともわたしにとっては、とても大切なものだった。

摩耶が浴槽の湯を流す音がした。

わたしはリビングダイニングルームを出て浴室へと向かった。いつもそうしているように、脱衣場の棚から摩耶に洗いたてのバスタオルを出してあげるつもりだった。

わたしの母が父にいつもそうしていたように、一緒に暮らしているあいだずっと、わたしもまた、まるで摩耶の奥さんであるかのように、そういう細々としたことを甲斐甲斐しくしてあげていた。

そうなのだ。この2年、摩耶はわたしの夫のようなものだったのだ。わたしは摩耶のために、小さくなった石鹸《せっけん》を取り替えたり、毛先が傷んだ歯ブラシを新しいものに替えたり、少なくなった摩耶のシャンプーやヘアコンディショナーを補充したりしていたのだ。

けれど、わたしが脱衣場に入ると、今夜の摩耶はすでに自分で棚から取り出した白いバスタオルを体に巻いていた。

がっちりとした摩耶の肩から、湯気がゆらゆらと立ちのぼっていた。バスタオルに包まれた乳房は、わたしのそれよりさらに小さかった。

「バスタオル、わかった？」

摩耶を見上げて、わたしは訊いた。

「わかったよ。ありがとう」

上気した顔でわたしを見つめ、少しぎこちなく摩耶が微笑んだ。

筋肉の張り詰めた摩耶の腕は、とても逞しかった。まるで男のそれのようだった。

ああっ、摩耶が男だったらよかったのに……そうすれば、わたしたちはいつまでも一緒に暮らしていけたかもしれないのに……。

考えてもどうにもならないことを、わたしはまた考えた。

「百合香……どうしたの？」

ぼんやりと自分の体を見ているわたしに、摩耶が不思議そうに訊いた。

「ううん。何でもないの」

ぎこちなく微笑みながら、わたしは首を左右に振った。久しぶりにつけた大きなピアスが、髪の中でブランコみたいに揺れた。

4

いつものように、リビングダイニングルームのテーブルに百合香と向き合い、ワインを飲みながら食事をしている。まずはフランスのブルゴーニュ地方の白ワインだった。いつものように、きっと2本目はフランスの赤ワインになるのだろう。

百合香はフランス製のワインがとても好きだったし、葡萄の品種や産地にも詳しかった。わたしと付き合う前には、ワイン教室に通っていたり、ワインバーの常連客だったりしたこともあったらしい。

それで、彼女と一緒に暮らすようになってからは、わたしも百合香の講釈を聞きながらフランス製のワインを飲むのを楽しみにするようになっていた。

『シャルドネは癖の少ない葡萄なの。だから、作り手や、その土地の個性が出しやすいのよ』

『シャンパンを作れる葡萄品種は、シャルドネとピノノワールとピノムニエの3種類だけなのよ』

『ボルドーの赤ワインは複数の葡萄を混ぜることが多いけど、ブルゴーニュの赤ワインはピノノワールを単一で使うの』

『フランスではね、どんなに日照りが続いても、葡萄畑に水を撒《ま》くことは禁止されているのよ』

ワインについて話している時の百合香は、いつもとても楽しそうだった。そして、そういう彼女の顔を眺めているのは、わたしにとってもとても喜びだった。

テーブルには今夜も、載り切らないほどの皿が並べられている。それは本当に高級レストランのようだった。

百合香は料理がとても好きだったし、とてもうまかった。だから、毎夜の食事を、わたしはいつも、とても楽しみにしていた。

食事をしたり、酒を飲んだりすることがこんなにも楽しいだなんて……いや、ただ一日一日を普通に過ごしていくということが、こんなにも楽しいだなんて……それは百合香と付き合うようになって初めて知ったことだった。

そう。日々の生活を楽しむことこそが幸せなのだということを——幸せとは決して特別なものではなく、自分のすぐそばにあるのだということを——なぜか百合香はよく知っていた。そして、この2年のあいだに、わたしにもそれを知らしめてくれた。だが、考えてみれば、それは当然のことだった。人は一日一日の積み重ねの中に生きているのだから、その一日一日を楽しむということこそが幸せということなのは当たり前のことだった。

今夜の食事はわたしの好物ばかりだし、いつものように……いや、いつも以上に品数が多く、手が込んでいた。

けれど……今夜は少しもおいしいとは感じなかった。何を口にしても、ただ切ないだけだった。

夕食の席ではいつも、わたしたちはいろいろな話をしたものだった。それはお互いのその日の報告みたいなもので、たいしたことではなかったけれど、そんな会話もわたしには楽しみだった。ふたりで話しているのが楽しかったから、食事の時にテレビを点《つ》けることはほとんどなかった。

だが、今夜のわたしたちは、一言二言、ぽつりぽつりと話すだけで、その会話は長続きはしなかった。

「あの……百合香……明日は何時に出るつもりなの？」

無言で食事を続けている百合香にわたしは尋ねた。

「午後いちばんで、引っ越し屋さんが来てくれることになってるの」

百合香が濃く化粧した顔を上げた。

わたしはあまり化粧の濃い女は好きではなかったけれど、今夜の百合香はとても綺麗だった。思わず見とれてしまうほどだった。

「午後いちばんって、1時のこと？」

「ええ、そうよ」

「あの……何か手伝うことはない？」

「ありがとう、摩耶。でも、あの……引っ越し屋さんがみんなやってくれるから、特にはないみたい」

百合香がぎこちなく笑い、ふっくらとした唇のあいだから、白く揃った小粒な歯がのぞいた。

そう。百合香はもう、わたしの力を必要としていないのだ。これからは、わたしの代わりに、スーパーマーケットの店長をしているらしい田中という男が、非力な百合香の力となるのだ。その男が百合香を守っていくのだ。

「そう？　それなら手伝わないよ」

アイラインに縁取られた百合香の大きな目を見つめて、わたしは小声で言った。

百合香は気まずそうに、わたしから視線を逸らした。そして、あでやかなマニキュアに彩られた細い手で、華奢なワイングラスを持ち上げ、グロスに彩られた唇をグラスの縁にそっとつけた。

わたしはそんな百合香の剥き出しになった尖った肩や、ほっそりと引き締まった白い二の腕や、白くて柔らかい腋の下を見つめた。

もし今夜、わたしに殺されなければ……明日の晩はおそらく、その華奢な体を男の手が撫でまわすことになるのだ。そして、百合香の肉体を、忌まわしい男性器が荒々しく貫くことになるのだ。

ふと思う。

硬直した男性器が挿入された瞬間、百合香はどんな声を出すのだろう？　その時には、どんな顔をするのだろう？

さらにわたしは思う。

百合香は男性器が好きなのだろうか？　その挿入に快楽を覚えるのだろうか？　尋ねてみたことは一度もなかったけれど、本当はわたしとの行為の時にも、合成樹脂製の疑似男性器のような器具を使ってもらいたかったのだろうか？

たとえば佐野知恵子がそうだったように……。

5

わたしは男性器が嫌いだ。大嫌いだ。

けれど、かつてわたしのパートナーだった佐野知恵子はそうではなかった。

彼女はグロテスクな電動の疑似男性器の挿入を受けることが好きで、しばしばその器具の挿入を求めた。

佐野知恵子は疑似男性器をたくさん持っていた。そのコレクターと言ってもいいほどだった。

彼女が『ヴァイヴレーター』、あるいは『ヴァイヴ』と呼んでいたそれらの器具は、どれも赤や青や紫などの毒々しい色をしていて、目を背けたくなるほどにグロテスクな形をしていた。電動のものはスイッチを入れると、甲高いモーター音を発しながら、まるで不気味な生き物のようにぐねぐねと身をくねらせた。

知恵子は自分がその器具の挿入を受けることを好んだだけでなく、わたしにそれを挿入することも好きだった。それで彼女と暮らしていた頃には、わたしも不本意ながら、そのグロテスクな合成樹脂製の器具の挿入を頻繁に受けていたものだった。

その挿入を始める前には、知恵子はいつも必ず、全裸になったわたしに、ベッドに肘と膝をついた低い四つん這いの姿勢を取るように命じた。そして、自分はわたしの脇にひざまずき、わたしの性器にたっぷりと潤滑液を塗り込んだあとで、そのグロテスクな器具をわたしの体内に深々と押し込んだものだった。

「今は痛くても、だんだんと気持ちよくなるはずよ」

それを始めたばかりの頃、知恵子は口癖のようにわたしにそう言った。

けれど、何年がたっても、わたしがその挿入に快楽を覚えることはなかった。

グロテスクな疑似男性器に身を貫かれている時にわたしが感じていたのは、母のふたり目の夫となった痩せこけた郵便局員の黒光りする男性器を口に含んでいた時と同じ……強烈な嫌悪と屈辱、そして、身震いしたくなるほどのおぞましさだけだった。

母のふたり目の夫となった色白の郵便局員は、小学生だったわたしの口に硬直した男性器をしばしば押し込んだ。

それは耐え難いほどにおぞましいことだったけれど、どういうわけか、男がわたしをレイプすることはなかった。たぶん、根が臆病な男だったのだろう。だから、佐野知恵子と付き合い始めた25歳の時、わたしはまだ処女だった。

きっとわたしは処女のまま、一生を終えることになるのだろう。

わたしはずっと、そう思っていた。そうでありたいとも願っていた。

けれど、一緒に暮らし始めるとすぐに、知恵子がわたしに疑似男性器を挿入したいと言い出した。

「松本さんの処女が欲しいの」

ちょっと冷酷にも感じられるあの目で、わたしを見つめて知恵子が言った。

たぶんあれは、わたしが杉並区にあった知恵子の部屋に引っ越した1週間か10日ほどあとのことで、わたしたちはまだお互いを『松本さん』『佐野さん』と呼び合っていた。

「佐野さん……あの……どういうこと？」

わたしは尋ねた。笑ってはいたけれど、その顔が引きつっているのがわかった。

「ヴァイヴを使いたいの。松本さんの中にヴァイヴレーターを入れたいの」

わたしから目を逸らさずに、知恵子が低く言った。

ヴァイヴレーター——その言葉は、わたしをひどく怯えさせた。

そんなおぞましいものに身を貫かれるだなんて……想像するだけで鳥肌が立った。

それまでのわたしは、電動の疑似男性器を実際に目にしたことはなかった。けれど、その存在は何となく知っていた。

「そんなの嫌……佐野さん……それだけは許して」

わたしは両手を合わせて知恵子に哀願した。けれど、知恵子はわたしの願いを聞き入れようとはしなかった。

「お願い、松本さん……わたしにあなたの処女をちょうだい」

わたしをじっと見つめ、ニコリともせずに知恵子が言った。「わたし、松本さんにとって特別な存在になりたいの。松本さんの体にわたしの痕跡を刻み付けたいのよ」

知恵子のあまりの執拗さに、しかたなく、わたしはその要求に応じることにした。

あの時には、それが恋人となったわたしの義務に思えたのだ。


今から10年前のあの晩、知恵子は全裸になったわたしに、ベッドの上で四つん這いの姿勢を取るように命じた。

「松本さん、もっと脚を広げて……もっとよ……もっと大きく、左右に脚を開いて……お尻を高く突き出すようにするのよ」

ベッドに両肘をついた25歳のわたしは、知恵子に命じられるがまま、脚を左右に大きく広げ、尻を高々と突き上げた。

明かりは落とされていて、寝室は薄暗かったけれど……それは恥ずかしくなるほど淫らで、無防備な姿勢だった。女性器や肛門を、それほどおもむろに人目にさらすのは初めてのことだった。

「これでいい？」

獲物を狙っている猫のような姿勢で、わたしは知恵子に訊いた。羞恥とともに、どす黒い恐怖の塊が、胃から喉に這い上がって来るような気がした。

「うん。それでいいわ……それじゃあ、松本さん……入れるよ」

わたしの股間を凝視しながらそう言うと、知恵子は疑似男性器を手に取った。毒々しい赤紫色をした、太くてグロテスクな疑似男性器だった。

「佐野さん……怖いわ……」

背後にしゃがんでいる知恵子に、わたしはそう訴えた。そんなつもりはないのに、背中や腕が細かく震えていた。

「痛くしないから大丈夫。さっ、松本さん、力を抜いて」

看護師が患者に言うような口調で知恵子が言った。そして、手にした赤紫色のグロテスクな器具の先端部分を、潤滑液に濡れたわたしの性器に宛《あ》てがい、少しねじるようにしながらゆっくりと挿入して来た。

ある程度の痛みは覚悟していた。

そう。痛いのは充分にわかっているつもりだった。

けれど、その瞬間に襲いかかって来たのは、目が眩《くら》むほどの激痛だった。まるで真っ赤に焼けた鉄の棒を、股間に突き入れられているかのようだった。

「いやっ！　痛いっ！　いやーっ！」

四つん這いになったわたしは、両手でシーツを握り締め、身をよじって猛烈な悲鳴を上げた。「やめてっ、佐野さん！　いやっ！　もう、いやっ！」

けれど、知恵子はそれをやめようとしなかった。

「動かないで、松本さん……動かないで……大丈夫よ……力を抜いて……力を入れるから痛いのよ……大丈夫……大丈夫……」

そう言いながら、知恵子はそのおぞましい器具を、さらに深くわたしの中に押し込もうとした。

「いやっ！　痛いっ！　佐野さんっ！　やめてっ！」

破れるほど強くシーツを握り締め、脂汗の浮いた顔をベッドマットに擦りつけ、わたしは凄絶《せいぜつ》な悲鳴を上げ続けた。

いつの間にか、目からは涙が溢れ、口の端からは唾液が流れていた。顔だけではなく、全身の皮膚から脂汗が噴き出していた。

こんな行為にどんな意味があるのか、わたしにはまったく理解できなかった。

男は子供を産ませるために、女の体に男性器を挿入する。それは理解できる。つまりそれは、生殖のための手段なのだ。

けれど今、知恵子がしていることは、あの痩せた郵便局員がわたしにしたのと同じ……生殖とは何の関係もない、不毛で無意味な行為だった。

それでも、知恵子のために……彼女がそれを望んでいるのだから……わたしは知恵子の恋人なのだからという、ただそのために……わたしは四つん這いの姿勢のまま、必死でその凄まじい痛みに耐え続けた。

グロテスクで太い合成樹脂製の男性器は、膣の入り口を強引に押し広げ、それを乱暴に引き裂きながら、わたしの体内にゆっくりとした進入を続けた。そして、最後には、わたしの肉体を完全に貫き通した。

「ああっ、いやっ！　いやーっ！」

薄い壁の向こうや窓の外に声が漏れ出てしまうことも忘れ、わたしはシーツを握り締め、無我夢中で絶叫した。

それがわたしの処女喪失の瞬間だった。

6

それからも、わたしは何度も繰り返し、知恵子によって、そのおぞましい器具の挿入を受けた。

『いつか気持ちよくなる』という知恵子の言葉とは裏腹に、その後も、その行為がわたしに快楽を与えてくれることはなかった。

繰り返すうちに、最初の頃のような凄まじい痛みは徐々になくなっていったけれど、相変わらず、そのグロテスクな器具の挿入がわたしに与えるのは、身震いしたくなるような嫌悪と屈辱、そして、吐き気さえ覚えるほどの強烈なおぞましさだけだった。

だが、わたしがもっとも強烈な嫌悪と屈辱を感じたのは、まるで男が女にするようにして、知恵子がわたしを犯す時だった。

そう。知恵子はしばしば特殊な装置を使って、巨大な疑似男性器を自分の股間にしっかりと装着した。

骨と皮ばかりに痩せた知恵子の胸には乳房がほとんどなかったから、股間に太い男性器を突き立てたその姿は、男のようにさえ見えた。

「入れるよ……」

全裸で四つん這いになったわたしの背後にひざまずき、知恵子はいつもそう宣言した。そして、まるで男が女にするかのように、腰を前方に突き出し、股間にそそり立った巨大な疑似男性器を、背後からわたしにゆっくりと挿入した。

そんな時、わたしはいつも、大嫌いな男に犯されているような、耐え切れないほどの屈辱感に震えたものだった。

「ああっ……やめてっ……知恵子っ……いやっ……」

わたしはシーツを握り締めて哀願した。けれど、知恵子はやめなかった。

男が女にするように、その行為の時にはいつも、知恵子はわたしの腰や尻を両手で乱暴に鷲摑みにした。そして、男が女にするように、腰を荒々しく前後に振って、そのおぞましい器具をわたしから出したり入れたりした。

「どう、摩耶？　感じる？　感じるでしょう？」

腰を激しく前後に打ち振りながら、知恵子はわたしにいつもそう訊いた。

「いやっ……あっ……もう、やめてっ……いやっ……」

わたしは必死になって訴え続けた。

けれど、知恵子がわたしの哀願を聞き入れてくれたことは一度もなかった。

「嘘を言わないで。感じてるくせに。ほらっ……どう？……感じるでしょう？　感じるでしょう？」

知恵子が腰を前後に打ち振り、そのおぞましい器具を激しく出し入れするたびに……あるいは、ゴツゴツした知恵子の指が、背後からわたしの乳房を荒々しく揉みしだくたびに……わたしは込み上げるおぞましさに身を震わせた。そして、一刻も早く知恵子がそれを終わらせてくれることばかり望んでいた。

もし背後からわたしを犯しているのが男だったら、射精によってそれは終わりになるのだろう。あの郵便局員が、精液を放出することによって、あのおぞましい行為を終わりにしていたように……。

けれど、疑似男性器が体液をほとばしらせることは決してなかった。だから、その行為はいつも、うんざりするほど長時間にわたって続けられた。

「あっ……知恵子っ……いきそう……あっ……いくっ……ああああああっ！」

しかたなく、わたしはいつもオーガズムを迎えたフリをした。それでやっと、知恵子はその行為を終わりにしてくれるのが常だった。

グロテスクな疑似男性器を自分の股間に装着して、知恵子はわたしにさらにいろいろなことをさせた。

母のふたり目の夫がわたしにさせたように、知恵子がベッドに仰向けに寝転んで、股間に突き立った疑似男性器をわたしの口に含ませたこともあった。仰向けになったそのままの姿勢で、自分の下腹部にわたしをまたがらせて疑似男性器の挿入を行ったことも何度となくあった。

わたしたちは、どちらも女だというのに……わざわざ男の真似をしようとする知恵子の気持ちが、わたしにはまったく理解できなかった。

それは、本当は男が必要なのに、その男がいないから、しかたなく女と女で慰め合っている……というような印象をわたしに与えた。

今になって思えば、わたしが知恵子と別れたいと思うようになった理由のひとつには、疑似男性器を使ったあの忌まわしい行為の数々のせいもあったのかもしれない。

7

わたしとは違って、知恵子はそのおぞましい器具の挿入を受けるのが本当に好きだった。それでわたしは、ほとんど毎晩のように、四つん這いの姿勢を取った知恵子の骨張った尻のあいだに、合成樹脂製のその器具を深々と押し込んだものだった。そう。その挿入を受ける時、知恵子はたいてい全裸で四つん這いになった。その姿勢がいちばん感じるらしかった。

行為の時、わたしはいつも寝室の明かりを消してもらった。けれど、知恵子はそれを灯《とも》したままで、疑似男性器を挿入してもらいたがった。

彼女は『見られている』ということにも高ぶるようだった。

「ねえ、入れて……」

電気スタンドを灯したままの明るい寝室で、大きく脚を開いてベッドに四つん這いになった知恵子が、背後にいるわたしを振り向いて訴える。

わたしを見るその目が、欲望のために潤んでいる。

知恵子は極端に痩せていて、乳房がほとんどなかったから、四つん這いになっても、胸は男のように扁平なままだった。尻にも肉はまったくなかったから、そんな姿勢を取ると小豆色《あずき》をした肛門や、色の悪い女性器が丸見えになった。

「ねえ、摩耶……入れて……早く……」

もたもたとしているわたしに、知恵子がそう繰り返す。声が早くも喘いでいる。

しかたなくわたしは、ベッドの端に置かれている赤くて太い電動の疑似男性器を手に取る。それに手を触れるだけで、わたしの全身を嫌悪が走り抜ける。

その疑似男性器は本当に大きくて、痩せこけた知恵子の手首より太いほどだ。

電気スタンドの明かりに光る知恵子の濡れた女性器に、わたしはそのおぞましい器具の先端をそっと宛てがう。そして、モーターが内蔵されたそれを、知恵子の中にゆっくりと挿入していく。赤くグロテスクな物体が、色の悪い女性器の中にズブズブと容易に入り込んでいく。

「あっ……うっ……」

知恵子が首をもたげる。指でシーツをぎゅっと握り締め、肩のところで切り揃えた髪を振り乱して呻く。

わたしはそっと知恵子の顔をのぞき込む。

神経質そうな知恵子の顔は、今にも泣き出しそうに歪んでいる。汗を噴き出した額に、前髪がぺっとりと張り付いている。

わたしは疑似男性器の挿入を続ける。

その器具は暴力的なまでに太いというのに、知恵子の女性器は巨大なそれを、今夜もたやすく、完全に飲み込んでしまう。

赤い疑似男性器が知恵子の中にすっぽりと埋まると、いつもそうしているように、わたしはそれをゆっくりと引き抜く。知恵子の中から出て来たそれは、彼女が分泌した液体にまみれ、てらてらと淫靡に光っている。

引き抜いたばかりの疑似男性器を、わたしはまた知恵子の中に、今度は勢いよく押し込む。その先端部分が、ズンと子宮にぶつかるのが感じられる。

「あっ……いやっ……」

知恵子がビクンと身を震わせ、再び亀のように首をもたげて低く呻く。光の中で髪が振り乱され、細い首に太い血管がくっきりと浮き上がる。

いつもそうしているように、わたしはリズミカルに腕を動かし始める。赤くおぞましい器具が、知恵子の中から出たり入ったりを繰り返す。肉と合成樹脂が擦れ合うクチュクチュという音がし、女性器から溢れ出た分泌液が、ほとんど肉のない知恵子の腿の内側の皮膚を伝う。

「いやっ……あっ……ダメっ……感じるっ……あっ、いいっ……」

知恵子が身悶えを続け、濡れた唇から淫らな声を絶え間なく漏らす。

わたしは腕を動かし続けながら、激しく乱れる知恵子をぼんやりと見つめる。

浅ましい――。

そんな言葉が頭に浮かぶ。


わたしを疑似男性器で犯している時には、知恵子自身も強い性的な高ぶりを覚えるらしかった。

けれど、わたしはそうではなかった。

明るい寝室でグロテスクなその器具を知恵子の体に出し入れしている時のわたしは、髪を振り乱して喘いでいる知恵子を、いつもとても冷静に……いや、冷ややかに、少し軽蔑さえして見つめていた。

「ねえ、摩耶……お願い……スイッチを入れて……」

やがて、喘ぎながら知恵子が言う。

もちろん、わたしは彼女の言うとおりにする。

直後に、手にした疑似男性器が、細かい振動をわたしに伝え始める。知恵子の体の中から、ブーンというくぐもったモーター音が響き始める。

「あっ……いやっ……うっ……ああっ……」

知恵子がさらに強くシーツを握り締め、汗にまみれた顔をベッドマットに押し付けて呻く。肩甲骨の浮き上がった背中や、骨張った小さな尻や、わたしのふくら脛《はぎ》ほどしかない細い腿がブルブルと細かく震える。

「うっ……あっ……ああっ……」

疑似男性器の突き出した骨張った尻を振り、痩せこけた体をよじるようにして、知恵子が呻き声を上げ続ける。

浅ましい――。
わたしはまたそう思う。

8

百合香が出て行くのは、男ができたからなのだろうか？　それとも、わたしとふたりの暮らしに嫌気が差したからなのだろうか？

無言で食事を続けている百合香を眺めながら、わたしはぼんやりと思う。

わたしとふたりでいると、『いかにも同性愛者のカップルみたいに見える』ということを、百合香は以前からとても気にしていた。はっきりと口に出して言ったわけではなかったけれど、わたしには百合香が、それをひどく気にかけていることがよくわかった。

最近は言わなくなったけれど、付き合い始めたばかりの頃の百合香はわたしに、化粧をしてもらいたがり、スカートを穿いてもらいたがっていた。わたしが髪を伸ばすことや、アクセサリーや香水をつけることや、ハイヒールのサンダルやパンプスを履くことを求めていた。

けれど、わたしはその求めに応じなかった。そういう格好をするのは、大嫌いな男に媚びるようで、何となく嫌だったのだ。

それが原因のひとつだったのだろうか？　もし、わたしが百合香の求めに応じていたら、こんなふうにはならなかったのだろうか？

「あの……百合香……」

手にしたフォークをテーブルに置き、わたしは百合香に声をかけた。

「なあに？」

食事をしていた百合香が視線を上げ、少し眩《まぶ》しそうにわたしを見つめた。

これからは髪を伸ばしてスカートを穿くよ。化粧もするし、アクセサリーもつける。ハイヒールのパンプスも履く。ふたりでいても、同性愛者のカップルじゃなく、普通の女友達に見えるように気をつける。人前で百合香の体に触ったりもしない。だから……考え直してくれない？　もう一度だけ、わたしにチャンスをくれない？

そう言いかけて……わたしはそれをやめた。

そう。たとえ何を言ったとしても、百合香の心が変わらないということは、よくわかっていた。佐野知恵子が『別れたくない』と訴えれば訴えるほど、わたしの心が彼女から離れていったように……。

「いや……あの……このビーフシチュー、すごくおいしいね……酸味と甘みのバランスがよくて……肉も本当に柔らかく煮えてるし……あの……最高だよ」

ぎこちなく笑いながら、わたしは言った。

「ありがとう。あの……摩耶が喜んでくれて、わたしも嬉しいわ」

わたしと同じように、ぎこちなく微笑みながら百合香が言った。

9

こんな晩に、楽しく食事ができると思っていたわけではなかった。けれど、今夜の食卓の雰囲気は、わたしが想像していた以上に重苦しいものになった。

わたしは何とか、普通に話をしようとしてみた。摩耶もそんな努力をしているようにも見えた。

けれど、わたしたちの会話は途切れ途切れで、ちぐはぐで、ひどくぎこちないものになってしまった。

食事をしている摩耶の左の薬指には、今夜もプラチナのマリッジリングが光っていた。摩耶はアクセサリーというものをつけない人だったけれど、わたしと暮らした2年のあいだ、その指輪だけは外したことがなかった。

実は、摩耶がお互いの左薬指にマリッジリングを嵌めようと言い出した時、わたしはかなり嫌だった。そんなものをしていたら、いかにも『レズのカップル』に見えてしまうと思ったのだ。

けれど、嬉しそうな摩耶の顔を見ていると、嫌だとは言えなかった。

今から2年前の秋、わたしたちは横浜の元町にある老舗《しにせ》の宝石店に行き、そこでプラチナ製のマリッジリングを買った。

宝石店の女性店員たちは余計なことは何も訊かなかった。けれど、店員たちがわたしたちのことを、ちらりちらりと、とても興味深そうに盗み見ているのはわかった。

あの時、彼女たちの目の中にあったのは、エレベーターに乗り合わせた女子高生の目の中にあったものと、まったく同じもの――つまり下世話な好奇心だった。

わたしはアクセサリーを眺めたり、それを選んだりするのが大好きだったから、本当はあの日も、いろいろな指輪をじっくりと見てみたかった。けれど、女性店員たちの視線が煩わしくて、『もうどうでもいいや』と投げやりな気持ちになって、たいして気に入ったわけでもない指輪をいい加減に買ってしまった。

「あの……百合香……」

食事が終わりに近づいた頃、摩耶がためらいがちにわたしの名を呼んだ。

「なあに？」

ビーフシチューの皿から顔を上げ、わたしは目の前に座った摩耶を見つめた。

「いや……あの……このビーフシチュー、すごくおいしいね……酸味と甘みのバランスがよくて……肉も本当に柔らかく煮えてるし……あの……最高だよ」

摩耶が言い、日焼けした顔を歪めるようにしてぎこちなく微笑んだ。

「ありがとう。あの……摩耶が喜んでくれて、わたしも嬉しいわ」

わたしが言い、摩耶はすぐにわたしから視線を逸らした。

わたしはまた無言で、皿の中のビーフシチューを口に運び始めた。そして、いつだったか、摩耶とふたりで渋谷に行き、彼女に無理やりスカートやワンピースや、ハイヒールのパンプスを買わせた時のことを思い出した。

あれは今から1年ほど前のことだった。人々から向けられる好奇の視線に我慢できなくなっていたわたしは、摩耶に、『せめて、わたしとふたりで外に出る時だけは、女らしい格好をしてほしい』と強く訴えた。

いつものように、摩耶はそれを聞き流そうとした。けれど、わたしが執拗に訴えると、渋々ながらも、「そんなに言うなら、そうするよ」と言ってくれた。

それで、わたしは摩耶を渋谷に連れて行った。渋谷にはわたしのお気に入りの店がたくさんあったからだ。

9月の暑い午後だった。最初に入った洋服屋で、わたしは摩耶のためにワンピースとサンダルを選んだ。ぴったりとしたミニ丈の黒いホルターネックのワンピースと、踵の高さが10センチほどもある華奢で可愛らしいストラップサンダルだった。

「そんなの、わたしに似合うわけがないよ」

そのワンピースとサンダルを目にした摩耶は、露骨に顔をしかめた。あの日の彼女はいつものように、飾り気のないTシャツと擦り切れたジーパン姿で、足元は薄汚れたランニングシューズだった。

「似合うかどうかは、着てみないとわからないじゃない？」

「似合わないよ」

「いいから、とにかく試着してみて」

そう言うと、わたしは尻込みする摩耶の手にワンピースを押し付け、店の片隅にあった試着室に無理やり押し込んだ。

「何だか、全然似合ってないよ」

試着室のカーテンを開けた摩耶が言った。わたしが選んだワンピースを着た摩耶は、少し恥ずかしそうな、少し戸惑ったような、バツの悪そうな様子をしていた。

けれど、試着室の中に立っている摩耶を見たわたしは、思わず目を見張った。

そう。体に張り付くようなその黒いミニ丈のワンピースは、大柄で腕と脚がとても長く、健康的に引き締まった体つきの摩耶に、驚くほどよく似合っていたのだ。

「そんなことない。すごく似合う……摩耶、素敵よ」

摩耶の全身を見まわして、わたしは言った。

「そうかな？」

わたしの言葉を聞いた摩耶が、照れたように頬を染めた。その様子は何となく奥ゆかしくて、とても女らしかった。

10

その後もわたしは摩耶を連れて、何軒もの店をまわった。そして、それらの店でたくさんの服や靴やバッグやアクセサリーを買った。

摩耶は最初の店で買った黒いミニ丈のワンピースに着替え、ハイヒールの黒いストラップサンダルを履いていた。そうすることで、引き締まった摩耶の脚は目を見張るほどに綺麗に見えた。その健康的な美しさは、脚に自信のあるわたしでさえ、ちょっと驚いてしまうほどだった。

摩耶の顔にはわたしがトイレで薄く化粧をしてあったから、あの日のわたしたちは絶対に『レズのカップル』には見えなかったはずだ。わたしはあの日、人々から向けられる好奇の視線をまったく感じなかった。

わたしたちが店から店へと歩いている途中で、若い男たちが歩み寄って来て、摩耶とわたしにいろいろなポケットティッシュを手渡した。それは派手に化粧した若い女の写真が付いた美容室の宣伝のためのポケットティッシュや、ネイルサロンやエステティックサロンのそれだった。

摩耶は何も言わなかったけれど、そんなポケットティッシュをもらったのは、きっとあれが初めてだったに違いなかった。

そう。ポケットティッシュを配っていた男たちの目にも、あの日の摩耶はごく普通の……いや、ちょっとお洒落な女に見えたのだ。

買い物が終わったあとで、わたしたちは洒落たカフェのテーブルに向き合って冷たい紅茶を飲んだ。

あの時、周りのテーブルにはたくさんの人がいた。けれど、わたしたちに好奇の視線を向ける者は、やはり誰ひとりいなかった。それどころか、若いふたりのサラリーマンが、摩耶とわたしに、少し眩しそうな視線をちらちらと送っていた。

そのことが、わたしを嬉しがらせた。

「どう、摩耶？　可愛い格好をしていると、すごく気分がいいでしょう？」

わたしは目の前に座っている摩耶に訊いた。

「そうだね……あの……ちょっと窮屈だけど……そんなに悪くはないよ」

化粧をした顔を上げ、摩耶が力なく微笑んだ。

摩耶はかなり疲れた顔をしていた。慣れないハイヒールで歩きまわったせいで、足もかなり痛そうだった。超ミニ丈のワンピースなんてきっと初めてだから、下着が見えないように座っていることにさえ戸惑っているみたいだった。

そんな摩耶の顔を見た瞬間、わたしはハッとした。同時に、強い罪悪感が胸に込み上げて来た。

そこにいたのは、わたしの好きだった摩耶ではなかった。元気で溌剌《はつらつ》としていて、女々しいところがなくて、サバサバとしたいつもの摩耶ではなく……うまく表現できないけれど……何というか……そこにいたのは、人間に捕獲されて檻の中に閉じ込められた、野生の熊みたいに見えた。

そうなのだ。そんな格好をしている摩耶は、わたしの好きな摩耶ではなかったのだ。わたしは自分の勝手な考えで、摩耶から彼女らしさを奪おうとしていたのだ。

「摩耶……ごめんね」

わたしは言った。

「ごめんって……何のこと？」

摩耶が不思議そうに訊いた。

摩耶の前に置かれたアイスティーのストローには、ピンクのルージュがついていた。

それがわたしには、とても不自然に見えた。

「だから……そんな格好をさせたり……無理にお化粧をしたりして……ごめんなさい。あの……やっぱり……これからは、そんな格好はしなくていいわ」

「いいの？」

アイシャドウに彩られた切れ長の目で、摩耶がわたしを見つめた。

「ええ。いいの。だって……そんな格好をしていると、何だか、摩耶じゃない人といるみたいだもん」

わたしが言い、摩耶がちょっとほっとしたように笑った。


無言で食事を続けながら、わたしはそんなことを思い出していた。

そう。摩耶は何も悪くないのだ。悪いのは、自分勝手なわたしなのだ。それなのに……それなのに……。

「百合香……あの……どうかした？」

摩耶が顔を上げ、わたしを見つめた。

「ううん。何でもないの」

わたしは言った。

その瞬間、目の奥が熱くなった。

涙が溢れる前に、わたしは慌てて目を伏せた。そして、頭の中を空っぽにした。

11

相変わらず、猛烈な雨と風が続いていた。強い風が吹き付けるとガラスがたわみ、割れてしまうのではないかと心配になるほどだった。テレビを点けていないのでわからなかったけれど、台風は今まさに、この東京に最接近しているのかもしれなかった。

いつもの百合香とわたしは食事のあとも、ワインやウィスキーをだらだらと飲み続けながら、深夜までいろいろと話をしていたものだった。一緒に映画を見ることもあったし、音楽を聴くこともあった。

けれど、今夜はもう何もなかった。

わたしは何度も膝の上で、自分の手をそっと握り合わせていた。

今夜、百合香が眠りに就いたのを確認したあとで、わたしはそっと寝室に忍び込み、この両手で百合香の首を絞めるつもりだった。百合香を殺し、そのあとで、自分も手首を切り、百合香と寄り添って死ぬつもりだった。

本当にやれるのだろうか？　わたしに百合香を殺すことができるのだろうか？

わたしはさらに強く両手を握り合わせた。

死ぬのは怖くなかった。けれど、殺すのは——大切な人を殺すのは怖かった。

「さて……そろそろ寝るよ」

そう言うと、わたしは椅子から立ち上がった。ソファに横になるための用意をするつもりだった。

百合香が別れ話を切り出してから、わたしはこのリビングダイニングルームの片隅に置かれたソファで寝起きしていた。

百合香は『悪いのはわたしなんだから、わたしがソファで寝るわ』と言った。けれど、柔らかくて華奢な百合香を、固くてクッションの悪いソファに横にならせるわけにはいかなかった。

ここ数日そうしているように、わたしは毛布を取るために寝室に向かおうとした。そんなわたしを、百合香が「ねえ、摩耶」と呼び止めた。

「なあに？」

わたしは立ち止まり、丁寧に化粧が施された百合香の顔を見つめた。剝き出しになった百合香の肩から、またスイカみたいな香りが立ちのぼった。

「ねえ……今夜は……あの……寝室で、一緒に寝ない？」

わたしを見つめ、ためらいがちに百合香が言った。

わたしはまじまじと百合香を見つめ返した。マスカラを何度も塗り重ねたに違いない長い睫毛が、百合香の目の下に大きな影を落としていた。

「あの……百合香……いいの？」

「うん。あの……ふたりでいるのは、今夜が最後だし……」

わたしから視線を逸らし、百合香が考えながら言葉を続けた。「わたし……摩耶のことは本当に好きだったの……あの……今も好きなの……だから……できたら、こんなふうに気まずいままで終わりにしたくないの……摩耶とのことは、いい思い出にしたいから……だから、あの……今夜は抱いてくれない？」

リビングダイニングルームの床に立ち尽くし、わたしは無言のまま百合香の顔を見つめ続けていた。

いい思い出にしたい？　気まずいままで終わりにしたくない？

百合香の言葉に、わたしは少しムッとした。『何てムシのいいことを言い出すんだろう』と思ったのだ。

そうなのだ。百合香はわたしとの日々を、思い出のアルバムの1ページに、『甘くて美しい思い出のひとつ』として収めてしまおうとしているのだ。そして、明日からの新しい人生を、清々《すがすが》しい気持ちで生きて行くつもりでいるのだ。

そんなことはさせたくなかった。できることなら、これから先もわたしを思い出すたびに、心が痛むようにさせてやりたかった。

けれど……その官能的な誘惑を拒絶することは難しかった。

「いいよ。抱いてあげる」

ベッドでのこれからのことを思い浮かべながら、わたしは言った。ただそれだけのことで、股間が湿り始めたのがわかった。

今夜、愛の営みをしようとしまいと、どちらにしても、わたしたちに明日は来ないのだ。だから、明日からの百合香の心の傷のことなど考える必要はないのだ。

いつものように、欲望と快楽への強烈な期待が、わたしの下腹部で急速に膨らんでいった。

第4章

1

35年の人生で、たった一度きりだけれど、男から『付き合ってほしい』と言われたことがある。

あれは高校2年生の夏休みのことだった。

あの頃、わたしは陸上部に所属し、主に短距離走と走り幅跳び、それにハードルをやっていた。わたしに『付き合ってほしい』と言ったのは、その陸上部の部長をしていたひとつ年上の男子生徒だった。名前は、山田……尚幸《なおゆき》といった。

あの真夏の夕方、陸上部の練習のあと、ひとりで自宅に向かって歩いていたわたしに、山田尚幸が背後から「摩耶」と声をかけて来た。

学校は夏休みだったけれど、陸上部では毎日のように練習があり、あの日もわたしたちは炎天下のグラウンドで、朝から夕方まで汗まみれになって走りまわっていた。

「摩耶……あの……ちょっと聞いてもらいたい話があるんだ」

駆け寄って来た山田尚幸が、とても真剣な顔でわたしを見つめた。

陸上部にはわたしと同じ『松本』という姓の女子がもうひとりいて、それで陸上部では、わたしはみんなから『摩耶』と呼ばれていた。部長だった彼も普通に、わたしを『摩耶』と呼んでいた。

「話って何ですか？　いい話ですか？　それとも悪い話ですか？」

足を止めずに歩き続けながら、わたしは自分のすぐ隣を歩く部長の顔を見上げて軽い口調で言った。わたしは陸上部の女子ではいちばん背が高かったけれど、彼はわたしよりさらに10センチ以上も長身だったから、自然と見上げるような形になったのだ。

部長だったにもかかわらず、山田尚幸には威張ったようなところがまったくなかった。それで、年下の部員たちもみんな、まるで同級生とするような親しげな口調で彼と話していた。

「いや、実は……あの……摩耶……あの……何ていうか……」

いつもは歯切れのいい彼が、しどろもどろになって言った。日焼けして汗ばんだ顔が、ほんのりと赤くなっていた。

「何ですか？　もじもじしていないで、はっきり言ってください」

笑いながら、わたしは言った。

あの頃すでに、わたしは男に嫌悪感を抱いていたのだけれど、山田尚幸に対しては、不思議なほどにそれを感じなかった。

「だから……あの……摩耶……あの……俺と付き合ってくれないか？」

彼の口から出た言葉に、わたしはひどく驚いた。そして、足を止め、彼の顔をぼんやりと見つめた。

「えっ？　それ……あの……冗談でしょう？」

足を止めたまま、わたしはぎこちなく笑った。

けれど、それが冗談ではないことはわかっていた。

彼はとても剽軽で、しばしば冗談を言って部員たちを笑わせていた。だが、そういうタイプの冗談を口にするような男ではなかった。

「あの……冗談でこんなこと言わないよ。実は俺……ずっとずっと前から……摩耶が陸上部に入って来た時から……あの……お前のことが好きだったんだ。あの……ずっとずっと好きだったんだ。だから……だから、俺の彼女になってほしいんだ……あの……絶対に嫌な思いはさせないよ」

わたしをじっと見つめ、しどろもどろになって彼が言った。

彼は精悍でハンサムだった上に、責任感が強くて優しかったから、女子生徒たちにとても人気があった。実際、陸上部の女子の何人かは、部長の彼にぞっこんだった。陸上部ではなかったけれど、わたしと同じクラスの女子生徒のひとりも、彼に強い恋愛感情を抱いていることをわたしは知っていた。

そんな彼から告白を受けて、わたしはひどく戸惑ってしまった。

「だけど……あの……わたし……」

「摩耶、ほかに誰か好きなやつがいるのか？」

わたしの言葉を遮り、顔をのぞき込むようにして彼が言った。すらりとした彼の体からは汗が強くにおったけれど、それは不快ではなかった。

「そんな人はいませんけど……」

ぎこちなく笑いながら、わたしは言った。

だが、それは嘘だった。高校に入学してからずっと、わたしは同じ学年の女子生徒のひとりに密《ひそ》かな思いを寄せていたのだ。それはその年の全校ミスコンテストでクィーンに選ばれた、スタイルがよくて、とても可愛らしい少女だった。

けれど、もちろん、わたしには彼女に、自分の気持ちを伝えることができないということはわかっていた。

「そうか。好きなやつはいないんだな。だったら……俺と付き合ってくれ。せめて……一度でいいから、デートしてくれ……頼むよ。この通りだ」

真剣な目でわたしを見つめ、彼が顔の前で両手を合わせた。

わたしは意志が強くて頑固なほうだったけれど、昔から断るのが苦手だった。相手を傷つけるのが嫌なのだ。

それで、誘われるがまま、次の日曜日に彼とふたりで遊園地に行くことにした。

2

わたしは物覚えがいいほうではないのだけれど、あの真夏の日のことは、とてもよく覚えている。

あの日、わたしは陸上部の部長だった山田尚幸とふたりで、ジェットコースターに乗ったり、ゴーカートに乗ったり、お化け屋敷に入ったり、観覧車に乗ったり、売店で買ったソフトクリームやポップコーンやタコ焼きを食べたりした。

思えばわたしが遊園地に行ったのは、あれが最初で最後だった。母は娘たちを遊園地に連れて行くような人ではなかった。知恵子とふたりで遊園地に行ったことはなかったし、百合香と行ったこともなかった。

真上から太陽がギラギラと照りつける、とても蒸し暑い日だった。

わたしはいつも家にいる時に着ているような、飾り気のないTシャツにデニムのショートパンツ、それに履き慣れたランニングシューズという格好だった。山田尚幸のほうは派手なTシャツをまとい、擦れ切れたジーパンを穿いていた。

きっとデートだから張り切って、オーデコロンをつけて来たのだろう。彼の体からは微かに、レモンみたいな爽《さわ》やかな香りが漂っていた。

お化け屋敷の中では、暗がりで彼がいきなりわたしの手を握って来た。そのことに、わたしは少し驚いた。けれど、その手を振り払ったりしなかった。

あの日は本当に暑かったというのに、ほっそりとした彼の手はとても冷たかった。たった今まで、冷たい水に浸していたかのようだった。

それでわたしは誰かから、『手が冷たい人は心が温かい。心の冷たい人は手が温かい』と聞いたことがあったのを思い出した。

彼とは違って、わたしの手は、どんなに寒い日でもポカポカと温かかった。

観覧車には2回も乗った。彼がそうしたがったからだ。海沿いにそびえ立つ観覧車からは東京湾が一望できた。それは本当に素晴らしい眺めだった。

観覧車の狭い箱の中に向かい合って座った彼は、小さな子供みたいに興味深げに辺りを見まわし、「すごいな」「すごいな」と繰り返していた。

そんな彼の様子を見ていたら、わたしの中に不思議な感情が芽生えて来た。それは『いとおしさ』に似た感情だった。

そう。あの時、ほんの一瞬ではあったけれど、はしゃいでいる彼を見て、わたしは『いとおしい』と感じたのだ。そして、何だか、自分の弟か息子と一緒にいるみたいな気分になったのだ。

母性本能？

もしかしたら、それはそういう類《たぐ》いのものだったのかもしれない。こんなわたしの中にも、そういう女らしい本能が身を潜めていたのかもしれない。

いずれにしても、それ以前には、そして、それ以降も、そんな気持ちになったことはなかった。

2回目にわたしたちの乗った観覧車の箱がちょうど真上に来た時、わたしは彼に訊いてみた。

「部長は……あの……わたしのどこが好きなんですか？」

山田尚幸はわたしの顔を見つめ、ほっそりとした指で顎を搔きながらしばらく考えていた。それが考え事をする時の彼の癖だった。

彼の顎には、うっすらと髭が生えていた。

やがて、彼が笑いながら言った。

「そうだな……女らしくないところかなあ」

「女らしくないところ？」

反射的にわたしは笑ったけれど、内心はドキリとしていた。何だか、心の中を見透かされたような気がしたのだ。

「ああ。そうだよ。俺ね……女々しい女が嫌いなんだ。女ってさ、すぐに泣いたり、ヒステリーを起こしたり、パニックに陥ったり、それから……人の悪口を言ったり、誰かを嫉妬したりするだろう？　そういうの、俺、すごく苦手なんだ」

わたしは彼を見つめて頷いた。

女たちの多くには、そういうところがあるということは、わたしもよく知っていた。わたし自身の中にも、そういう部分が隠れているということも知っていた。

「部長は男なのに、女のことをよくご存じですね」

少し皮肉っぽく、わたしは言った。

「こう見えても、これまでに何回か、女の子と付き合ったことがあるからね」

「そうなんですか？」

「うん。だけど、摩耶は普通の女の子みたいじゃないだろ？　泣かないし、ヒステリーも起こさない。人の悪口も言わないし、誰かに嫉妬したりもしない。俺は、あの……摩耶のそういうところが好きなんだ」

普通の女の子みたいじゃない――。

彼は好意を込めて言ったのだろう。

だが、その言葉はまた、わたしをドキリとさせた。


その日曜日の朝、彼と会う前にわたしは、きょうはきっと、つまらない一日になるのだろうと思っていた。

だが、そうではなかった。

山田尚幸とふたりでいるのは、思っていたよりずっと楽しかった。恋愛感情が込み上げて来るようなことはまったくなかったけれど、それでも、仲のいい兄か弟と一緒に遊園地に来ているみたいな気がした。

そして、わたしはあの日の夕方、その日の朝より、彼にさらに好感を覚えていた。

山田尚幸は本当にいい人だった。わたしの兄になってもらいたいほどだった。

けれど……やはり、彼と付き合うことはできなかった。

わたしには彼と唇を合わせている自分や、彼に抱き締められている自分が想像できなかった。裸の体を彼にまさぐられている自分の姿や、彼の前にうずくまって男性器を口に含んでいる自分の姿が想像できなかった。

それは彼のせいではなく……すべて、わたしのせいだった。

「わたしね……やっぱり、部長と付き合うことはできません。ごめんなさい」

あの日、別れ際に、自宅の近くの公園の大きな樹の下で、わたしは彼にそう言って頭を下げた。

もう辺りは暗くなり始めていたというのに、公園では相変わらず、セミたちがやかましく鳴いていたのを覚えている。

「どうして？　摩耶……俺のことが嫌いかい？」

わたしの言葉を聞いた山田尚幸が、悲しそうに顔を歪めて尋ねた。

「いいえ。そうじゃないんです」

「それじゃあ……どうして？」

彼がなおも尋ねた。灯ったばかりの街灯に照らされたその顔は、今にも泣き出してしまいそうだった。

少し迷った末に、わたしは彼に自分の秘密を打ち明けることに決めた。彼が心の内を見せてくれたのだから、わたしも嘘はつきたくなかった。

「わたしね……部長が嫌いっていうより……あの……わたしね……男は好きになれないんです……」

「えっ？」

山田尚幸が小さな声を出した。

「あの……わたし……みんなが噂してるように……あの……女の子しか好きになれないんです……」

顔を俯けてわたしは言った。

誰かにそのことを打ち明けたのは、それが初めてだった。

「そうだったのか……」

俯いたままのわたしの耳に、彼の声が届いた。

「部長、想像してたでしょう？　みんながそんな噂をしてるの……部長も耳にしたことがあるでしょう？」

俯いたまま、わたしは訊いた。

「聞いたことがないわけじゃないけど……あの……俺は信じてなかった。俺は噂なんて信じないから……」

わたしは顔を上げ、うかがうように彼の顔を見た。

彼はわたしをじっと見つめていた。その目の中にあったのは、嫌悪ではなく、わたしへの慈悲のようなものに感じられた。

「あの……部長……できれば、このことは……あの……ほかの人には言わないでほしいんです」

わたしは言った。けれど、彼がそれを他言しないということはわかっていた。いや、その日、彼と一日一緒にいて、それがはっきりとわかったのだ。

「ああ。わかってる。誰にも絶対に言わない。あの……摩耶……何ていうか……悩ませてごめんよ」

彼は言った。それから、手の甲で目を拭った。

そう。彼は泣いていたのだ。まだ何人かの子供たちが遊んでいる夕暮れの公園の樹の下で、恥ずかしげもなく、ぼろぼろと涙を流していたのだ。

わたしはしばらくのあいだ、そんな彼を見つめていた。それから、言った。

「あの……わたしが部長と付き合えない理由が……実はもうひとつあるんです」

「何だい、それ？」

手の甲でまた涙を拭ってから、彼が訊いた。

「名字ですよ」

「名字？」

「ええ。だって、もし、わたしと部長が結婚したら、わたしは山田摩耶になっちゃうじゃないですか。上から読んでもヤマダマヤ、下から読んでもヤマダマヤ……わたし、そんな回文みたいな名前になるのは嫌ですから」

笑いながらわたしが言い、彼は泣きながら笑った。

あの時、山田尚幸の申し出を受け入れていたら、わたしの人生はどんなふうになったのだろう？　今頃、わたしは山田摩耶という回文みたいな名前になっていて、子供を産んでいたりもしたのだろうか？　家計のために、近所のスーパーマーケットやファミリーレストランでパートタイムの仕事をしたりしていたのだろうか？

それはそれで、悪くはなかったのかもしれない。それはそれで、わたしは幸せだっ
たのかもしれない。

けれど、くよくよと考えてみてもしかたがなかった。わたしは普通ではないほうの
道を――普通の女たちとは違う道を選んでしまったのだから……。

もうひとつ、最近になって、よく考えることがある。

あの日の彼の涙は、わたしにふられた悲しみからなのだろうか？　それとも、わた
しが歩くことになるはずの茨《いばら》の道を思ってのことなのだろうか？

たぶん、後者だったのではないか――。

わたしは今、そんなふうに考えている。

山田尚幸は人の心を思いやることのできる男だった。

3

寝室に向かう前に、わたしは洗面所で丁寧に化粧を落とし、ブレスレットとネック
レスと大きくて派手なピアスを外して洗面台の脇に並べた。少し考えてから、足首に

巻いた華奢なアンクレットはそのままにしておいた。それから、いつものように、2本の歯ブラシと歯間ブラシとデンタルフロスとを使って、丁寧にゆっくりと歯を磨いた。

急ぐ必要はなかった。焦る必要もなかった。

わたしの快楽の担い手は今、寝室のベッドの上で、わたしを待っているはずだった。いつものように、わたしがやって来るのを、少しじりじりとした気持ちで待ち侘《わ》びているはずだった。

ゆっくりと歯を磨きながら、わたしはこれから自分の身に起こることを想像した。自分の皮膚を這う、摩耶のしなやかな指や、柔らかくて温かい舌を想像した。その時、わたしの肉体を走り抜けることになるはずの強烈な快楽を想像した。

今夜はどんなふうにするつもりなのだろう？　わたしのどこを、どんな順番で刺激するのだろう？　わたしはそれらの刺激に、どれくらいのあいだ耐え続けることができるのだろう？

いつものように、その淫らな想像が、わたしの心をひどく高ぶらせた。

目眩くほどの快楽——。

摩耶との行為では、それが約束されていた。その快楽と出会えないことは、この2年で、ただの一度もなかった。

そうなのだ。この2年間、夜勤で摩耶がいない時のほかは、ほとんど毎夜のように、摩耶は寝室でわたしに快楽をもたらしてくれたのだ。

時間をかけて丁寧に歯を磨いたあとで、わたしはミニ丈のホルターネックのワンピース姿のまま、摩耶の待つ寝室へゆっくりと向かった。

微かに心臓が高鳴っていた。早くも股間が潤み始めているのが感じられた。

わたしの快楽の担い手——摩耶はやはりベッドの上にいた。寝室の戸口に立っているわたしを、そこから無言で見つめていた。
寝室の明かりはすべて消されていたけれど、大きな窓に掛けられたカーテンがいっぱいに開け放たれていたから、白い壁に囲まれた室内は意外なほどに明るかった。昨日まではあったわたしの鏡台や、背の高い真鍮製のシェードランプが今はそこになかったから、その部屋は何となくガランとしていて、少し殺風景にも感じられた。

大きな窓のサッシを、猛烈な風がガタガタとやかましく打ち鳴らしていた。絶え間なく吹き付ける大粒の雨が、窓ガラスの向こうを滝のように流れ落ちていて、窓の外に広がっているはずの住宅街の夜景はまったく見えなかった。

寝室の戸口に立ち、わたしはベッドの上にいる大柄な女を見つめ返した。

摩耶はぴったりとした白いスポーツタイプのブラジャーを着けた逞しい上半身を、ベッドの木製の背もたれにゆったりと預けていた。薄暗い部屋の中に漂う弱々しい光を受けて、筋肉の張り詰めた肩が柔らかく光っていた。

ベッドに入る時のわたしは、いつも踝《くるぶし》までの丈の白いナイトドレスをまとっていた。もちろん、性行為の時には全裸になったけれど、眠る時はまたナイトドレスをまとった。そうしないと、風邪をひいてしまうからだ。

寒いあいだは摩耶もパジャマを着て寝ていた。だが、暖かくなってからは、スポーツタイプのブラジャーにショーツだけという格好で寝るようになっていた。性行為のあと、裸のままで眠りに就くことも少なくなかった。

けれど、摩耶が風邪をひいたことは一度もなかった。彼女は羨ましくなるくらいに強くて健康だった。

「おいで、百合香……」

その逞しい腕で、ベッドの上の摩耶がわたしを手招きした。

わたしは小さく頷くと、寝室の戸口に立ったたまま、体をくねらせ、まるで脱皮でもするかのようにして、ぴったりとした白いワンピースを床に脱ぎ落とした。

レースの飾りの付いた淡いシャンパンイエローのブラジャーと、お揃いの小さなショーツ――下着姿で立ち尽くしているわたしを、ベッドの上の摩耶がじっと見つめた。

わたしの臍では今夜も、プラチナ製の十字架のピアスが揺れていた。

「おいで、百合香……」

摩耶が同じ言葉を繰り返し、さっきと同じようにわたしを手招きした。その声がさっきより少し上ずっていた。精悍な顔には欲望の色がはっきりと浮かんでいた。

その言葉に逆らうことは難しかった。

まるで吸い寄せられるかのように、わたしは摩耶に歩み寄った。いつものように、股間がさらに潤んでいた。

ベッドのすぐ脇に立つと、わたしは摩耶の体に掛けられた、柔らかな羽毛の布団をまくり上げ、それをそっと床に落とした。

摩耶はブラジャーとお揃いの、白くてぴったりとしたスポーツタイプのショーツを穿いていた。この2年間、摩耶はいつも、そういうスポーティな下着ばかり着けていた。

ベッドの背もたれに寄りかかった女は、目を見張るほどに逞しい肉体をしていた。まるで筋肉の鎧《よろい》に覆われているかのようだった。

今も週に何度かスポーツクラブでウェイトトレーニングをしているせいで、筋肉の浮き上がった太腿はわたしのウェストよりも太かったし、腕も首もがっちりとしていて、とても太かった。乳房は少女みたいに小さいというのに、胸板は男のように分厚かった。

摩耶は男というものを嫌悪していたから、『男らしさ』というものもまた、嫌っているはずだった。そんな摩耶がなぜスポーツクラブに通い、筋肉の鎧に覆われるほどに体を鍛え上げなくてはならないのかが、摩耶と付き合い始めた頃のわたしにはよく理解できなかった。

だが、今はその気持ちが、何となくわかるような気がする。

摩耶は決して男になりたがっているわけではない。けれど、彼女は、女である自分を受け入れることもできずにいるのだ。

つまり彼女は……男でも女でもないものを目指そうとしているのだ。男の優れたところと、女の優れたところを兼ね備えた……男の強さと、女の柔らかさを兼ね備えた、特別な生命体になろうとしているのだ。

いや……どうなのだろう？

わたしにはもう、何も考えることができなかった。窓ガラスに吹き付ける凄まじい風雨の音さえ、今のわたしにはもう、ほとんど聞こえなかった。

全身に広がる快楽への期待が、わたしの心と体のすべてを支配しようとしていた。

わたしはベッドの上に乗ると、筋肉の鎧に覆われた摩耶のすぐ脇に、シャンパンイエローの下着をまとった華奢な体をそっと横たえた。

その瞬間、待ち兼ねていたかのように、摩耶の逞しい腕がわたしの体を、息が詰まるほど強く抱き締めた。ブラジャーに包まれたふたりの乳房が、ふたりの体のあいだでぎゅっと押し潰《つぶ》され、わたしは早くも淫らな声を漏らした。

「ああっ……摩耶っ……摩耶っ……」

筋肉の張り詰めた摩耶の背中を、わたしは夢中で抱き締め返した。摩耶の体はじっとりと汗ばんでいて、火傷《やけど》しそうなほどに熱かった。

すぐに摩耶がわたしの脚のあいだに、筋肉質な太い脚を深く差し込んで来た。そして、腿の付け根の辺りで、すでに充分に潤んでいるわたしの股間を、シャンパンイエローのショーツの上からぐっと強く圧迫した。

たったそれだけのことで、強烈な快楽がわたしの肉体を電流のように走り抜けた。

「ああっ、ダメっ！」

我を忘れてわたしは喘いだ。

そんなわたしの口を、摩耶が自分の口で塞いだ。

4

ゴツゴツとした摩耶の右手の指が、おびただしい量の分泌液にまみれたわたしの股間で、まるで何かの生き物みたいに動いている。

太くて不器用そうな外見とは裏腹に、摩耶の指はとてもしなやかで、その動きはとても滑らかだ。わたしの性器を、時には優しく、時には強く、まさぐっている。

わたしの首の下を通った摩耶の太い左腕は、その指の先で、わたしの左の乳房を揉みしだいたり、乳首をつまんだり、それをひねったりしている。

そして、彼女の口はわたしの右の乳房に押し付けられ、舌と前歯と唇とで、すっかり尖って固くなった乳首に執拗な刺激を与え続けている。

「ああっ……ダメっ……いやっ……あっ、摩耶っ……」

男たちとの行為の時には、わたしはしばしば意識的に声を上げ、しばしば意識的に身を悶えさせていた。そのほうが男たちが高ぶるだろうという配慮からだった。

けれど、摩耶との行為では、そんなことを気にする必要はまったくなかった。何も意識せずとも、わたしの口はいつも勝手に淫らな声を漏らし、体はいつも勝手に悶えているのだから。

それにしても、わたしはあまりに無力で、あまりに無防備だ。

重たい摩耶の体の下敷きになった右腕はまったく自由が利かないし、摩耶の太い脚ががっちりと巻き付けられた両脚も自由にならない。それはまるで、柔道の固め技を掛けられているかのようだ。左腕はかろうじて自由になるけれど、だからといって非力なわたしには何をすることもできない。

がっちりと押さえ込まれたわたしにできることは、ただ、摩耶から与えられる絶え間ない刺激に、絶え間なく反応し続けることだけだった。

腕のいい大工が木材について知り尽くしているように……熟練したヴァイオリニストが自分のヴァイオリンの特性を熟知しているように……摩耶もまた、わたしの肉体を隅々まで知り尽くしている。

だからこそ、彼女の指の動きには無駄というものがまったくない。その指先はいつも正確にわたしの急所を探り当て、そこに正確な刺激を与えることができる。

そう。どこに、どんな刺激を与えれば、わたしの肉体がどんなふうに反応し、わたしがどんな声を上げるかということを……わたしの肉体が、次はどこに、どんな刺激を求めているのかということを……摩耶は正確に把握している。この2年間の学習で、それを知り尽くしたのだ。

「あっ……ダメっ……ああっ、摩耶っ……うっ……いやっ……」

摩耶の右手の指先が硬直したクリトリスを擦り上げるたびに……左手の指先が尖った左の乳首を揉みしだくたびに……そして、摩耶の前歯が右の乳首を軽く嚙むたびに……わたしの体は敏感に反応し、まるで痙攣でもしているかのように、ベッドマットの上でビクン、ビクンと跳ね上がる。

ビクン……ビクン……ビクン……。

自分の体だというのに、その反応を抑えることは、もはやわたしにはできない。

わたしの脚に絡み付けた両脚を、摩耶がゆっくりと左右に開いていく。

わたしは抵抗しようとするが、力は摩耶のほうが遥かに強い。まるで機械で脚を広げられているみたいだ。

すぐにわたしは、開脚した体操の選手のように、脚をいっぱいに広げられてしまう。

そのいっぱいに広げた脚の中心部を、摩耶の指先が執拗にまさぐる。時には優しく、時には強く、さまざまに刺激する。

「ああっ……摩耶っ……そこはダメっ……あっ……いやっ……」

わたしは摩耶の左腕に後頭部を擦り付ける。体をブルブルと震わせながら、それを弓のようにのけ反らす。自由にならない腰を上下左右に夢中で打ち振り、淫らな声を絶え間なく上げる。

快楽、快楽、快楽……そして、また快楽。

堤防に打ち寄せる波のように、あとからあとから、絶え間なく快楽が押し寄せる。

打ち寄せる波は1回ごとに、確実に大きくなり、確実に強くなっていく。

そうなのだ。台風の影響を受けている今夜の太平洋のように、快楽の波は押し寄せるたびに高くなっていくのだ。打ち寄せるたびに激しくなっていくのだ。

ああっ、ダメだっ！　間もなく堤防が壊れてしまいそうだ！

打ち寄せる波が堤防を決壊させた時、極限の快楽が訪れる。

そう。極限の快楽だ。

四肢の自由を摩耶に奪われ、淫らな声を上げ続けながら、わたしはそれを待ち侘びている。

来る……来る……もう少しで、それが来る……。

けれど、いつものように、摩耶が急に、わたしに刺激を与えるのを中断する。

わたしの体を知り尽くした摩耶は、堤防がいつ決壊するかということを、ちゃんと知っている。だからこそ彼女は、そう簡単に堤防を決壊させるようなことはしない。

どうしてやめちゃうの？

強烈な快楽に酔いしれ、強い酒を飲んだ時のようにほとんど朦朧《もうろう》となりながらも、わたしは必死で目を開く。そして、目の前にある摩耶の顔を見つめて無言で訴える。

わたしは続けてほしいのだ。摩耶に早く堤防を決壊させてほしいのだ。一刻も早く忘我の域に達し、極限の快楽の中に身を浸したいのだ。

「百合香、どうしたの？　何が言いたいの？」

真上からわたしを見つめて、摩耶が訊く。その顔には淫らな笑みが浮かんでいる。

「もっと続けてほしいの？　そうなの？　だったら、そう言いなさい」

わたしは摩耶の目を見つめる。「ねえ、摩耶……意地悪しないで……」と、声を喘がせながら訴える。

「どうしてほしいの？　続けてほしいの？　それとも、もうやめたほうがいいの？　ちゃんと答えなさい」

わたしの目を見つめ、摩耶が命じる。湿った息がわたしの顔に吹きかかる。

「続けて……お願い……もっとして……」

声を絞り出すようにして、わたしは哀願する。少し悔しいけれど、こんな時に意地を張り続けていることはできない。

わたしの答えを聞いた摩耶が、満足したように笑う。薄暗がりに白い歯がのぞく。

「そうなんだ？　もっとしてほしいんだ？　淫乱な子ね」

勝ち誇ったような口調で摩耶が言う。そして、直後に、わたしへの刺激を再開する。

「あっ……摩耶っ……いいっ……あっ……いやっ！」

凄まじい快楽が再びわたしに襲いかかり、わたしはまた弓のように体を反らせ、自分でも恥ずかしくなるほどに淫らな声を上げる。

5

最後には股間を舌で愛撫してあげる予定だった。

けれど、百合香はその前に、華奢な全身を石のように硬直させ、悲鳴にも似た甲高い声を上げて快楽の絶頂に達してしまった。

それでわたしは、いつもそうしているように、百合香の体を軋《きし》むほど強く抱き締め、ほっそりとした彼女の脚のあいだに自分の脚を深く差し込んだ。そして、おびただしい量の分泌液にまみれた百合香の股間を、太腿の付け根の部分で強く、ぐいぐいとリズミカルに圧迫した。

そんな刺激を受けることで、百合香の快楽の絶頂はとても長く続くようなのだ。

「ああっ、いやっ……あっ、また来たっ！……あっ！……いやっ！」

百合香はわたしにしがみつき、ほとんど失神しかけながらも、わたしの背中に鋭い爪を突き立てた。そして、今では汗まみれになったほっそりとした体を、ブルブルと小刻みに震わせながら、快楽の余韻に長いあいだ酔いしれていた。

そんな百合香の首に、わたしは両手をまわした。今ここで、この目眩くような快楽の中で死を迎えさせてやることが、彼女へのせめてもの思いやりだと思ったのだ。

殺すんだ。わたしは今、百合香を殺すんだ。

けれど……わたしは百合香の首にまわした手に力を入れなかった。

2年間も恋人として過ごした彼女を、殺すのが忍びなかったから？

もしかしたら、それも理由のひとつだったかもしれない。ひとりの人間を、それも大好きな人を殺すというのは、わたしが思っているほど簡単なことではないようだった。

けれど、わたしが百合香の首を絞めてしまわなかったのは、彼女に対する哀れみの情からというより……たぶん……わたし自身の欲望のためだった。

いつものように、百合香の次はわたしの番だった。今度はわたしが、目眩くような快楽に溺《おぼ》れる番だった。

そう。わたしは百合香を殺すのをやめたわけではないのだ。ただ、それをもう少しあとですることに……わたしの快楽が終わったあとですることにしただけだった。


ベッドに全裸で仰向けになったわたしの上に、百合香がそのほっそりとした裸の体を重ね合わせている。

わたしの左右の乳首を交互に吸いながら、百合香は長くて細いその指で、わたしの股間を優しくまさぐっている。爪を伸ばした右手の中指と人差し指、それに薬指を自在に動かして、女性器のさまざまな部分に絶え間ない刺激を与えている。

堅く目を閉じたまま、わたしは左手でシーツを握り締めている。右手では骨の浮き出た百合香の背や腰を、絶え間なく撫でまわしている。

「あっ……うっ……あっ……うっ……」

百合香の指の動きに合わせるかのように、わたしは押し殺した声を漏らし、腰を浮き上がらせて身を反らす。わたしがブリッジのように体をのけ反らせるたびに、わたしの上に乗った百合香の体も軽々と浮かび上がる。

「うっ……いいっ……あっ……ああっ……」

いつものように、わたしは淫らな声を出し続ける。

けれど、それは演技だった。声を上げているのも、身を悶えさせているのも、どちらも『感じているフリ』だった。

そう。どういうわけか、今夜のわたしは少しも感じていなかったのだ。何とか快楽の中に身を浸そうと努力しているにもかかわらず、快楽の片鱗《へんりん》さえも訪れてくれないのだ。

知恵子と暮らしていた頃には、こういうこともなくはなかった。特に、疑似男性器の挿入を受けている時には、まったく感じていないのに、感じたフリをして声を上げ、身をくねらせていたことが何度となくあった。

けれど、百合香との行為ではこんなことは一度もなかった。

ついさっき、この手で百合香の体をまさぐっていた時には、わたしは確かに性的な高ぶりを覚えていた。けれど、役割を交替したとたんに、その高ぶりは嘘のように消え去ってしまったのだ。

どうしたんだろう？　これが百合香との最後の行為になるというのに、どうしてわたしは感じないんだろう？

わたしは意識して頭の中を空っぽにしようとした。そして、偽りの声を漏らし、偽りの身悶えを繰り返しながら、祈るような気持ちで快楽の訪れを待った。

けれど……やはり、快楽は来なかった。その足音さえ聞こえなかった。

窓の外では相変わらず、凄まじい風と雨が吹き荒れていた。寝室の窓ガラスを、バチバチという音を立てて雨粒が叩いていた。強い風が吹き付けるたびに、どこかの部屋のベランダで、物が倒れるような音がした。我が家のベランダでも、ハーブの植木鉢が割れるような音がした。遠くから、救急車のものらしきサイレンの音も聞こえた。

ついさっき、百合香の体を愛撫している時には、そういう音はまったくと言っていいほど耳に入って来なかった。けれど、今のわたしの耳は、それらの音をとても冷静に聞き取っていた。

「どうしたの、摩耶？　感じてないの？」

わたしに身を重ねた百合香が、少し意外そうに訊いた。

わたしは目を開き、すぐ目の前にある百合香の顔を見つめた。暗がりの中で、ふたつの大きな目が、夜行性の動物のそれのように光っていた。

「そんなことない。すごく感じてるよ」

百合香の体を抱き締めて、わたしは答えた。

「嘘ばっかり。今夜はどうしたの？　わたしのやり方が悪いの？」

百合香はわたしの体から下りると、ベッドにあぐらをかいて座った。百合香は性毛のほとんどを永久脱毛していたから、そんな格好をすると女性器が丸見えになった。臍にぶら下がった十字架の形をしたピアスが、暗がりに鈍く光っていた。

「あの……何だか今夜は調子が悪いみたい……ごめんね」

わたしもベッドに裸の上半身を起こし、百合香を見つめてぎこちなく微笑んだ。

その瞬間、急に目の奥が熱くなった。わたしは大きく息を吸い込み、込み上げて来そうになる涙を懸命に抑えた。

「謝らないで、摩耶……悪いのはわたしなんだから……」

細い眉を寄せて申し訳なさそうにそう言うと、百合香が腰を浮かせてわたしに体を寄せた。そして、長くて細いその腕で、わたしの体をそっと優しく抱いた。

そんな百合香の痩せた体を、わたしは両手で抱き寄せた。泣くまいとしているにもかかわらず、目から涙が溢れ出た。

「百合香……やっぱり、決心は変わらない？　やっぱり出て行くの？　わたし、百合香に……ずっとここにいてほしいの」

決して言うまいと思っていた言葉を、わたしはついに口にした。そして、言った瞬間に、それを後悔した。

そう。それは意味のない言葉だった。そんな言葉で百合香の心が変わるはずはないのだから。

「ごめんね、摩耶……でも、もう決めたの……ごめんね」

百合香の口から出たのは、わたしが思っていた通りの言葉だった。

わたしはさらに強く百合香の体を抱き締めた。そして、もう我慢はせず、熱い涙を思う存分に流した。

6

ベッドに並んで横たわるとすぐに、百合香は静かな寝息を立て始めた。

あの行為のあとでは、瞬く間に眠りに落ちてしまうというのが百合香の常だった。

相変わらず、凄まじい風が吹きすさび、窓のサッシをガタガタと鳴らし続けていた。だが、もしかしたら、風雨の峠は越えたのかもしれなかった。窓ガラスに叩きつけている雨粒の量は、少し前までに比べると、いくらか少なくなっているように感じられた。

カーテンを開け放ったままの窓の向こうに、分厚い雲に覆われた夜の空が見えた。空を覆い尽くした鉛色の雲が、次から次へと、ものすごい早さでこちらに向かって流されて来た。

柔らかな枕に後頭部を埋めて、わたしはそっと唇をなめた。それから、暗がりにぼんやりと浮かぶ白い天井を、しばらくじっと見つめていたあとで、汗ばんだ上半身をベッドにゆっくりと起こした。

そう。わたしはやるつもりだった。アルコールと快楽に酔いしれ、ぐっすりと眠っている女の首を絞め、殺してしまうつもりだった。

「百合香……百合香……」

わたしは小声で百合香を呼んだ。

けれど、百合香はまったく反応しなかった。

わたしはそっと腕を伸ばし、ほっそりとした百合香の首に両手で触れた。わたしの皮膚と同じように、百合香の首はしっとりと汗ばんでいた。

さあ、殺そう。殺してしまおう。そして、わたしも死んでしまおう。

わたしはまた唇をなめた。それから……百合香の首にまわした両手に、ゆっくりと力を入れた。

ゴツゴツとしたわたしの太い指が——その一本一本が、柔らかな百合香の首に沈み込んでいく。

百合香が悩ましげに顔をしかめ、細く描かれた眉を寄せる。眉と眉のあいだに、縦《たて》皺《じわ》が1本、深く刻まれる。

わたしはさらに両手に力を入れる。緊張のために口の中がからからになる。

殺すんだっ！　殺すんだっ！　殺すんだっ！　殺すんだっ！

百合香の美しい顔がさらに歪み、顔が少しずつ赤くなる。こんな暗がりでも、それがはっきりとわかる。

殺すんだっ！　殺すんだっ！　殺すんだっ！　殺すんだっ！

だが、次の瞬間、まるで熱い鍋にでも触れたかのように、わたしはビクッとして手を引いた。そして、全身をわななかせながら、たった今まで百合香の首を絞めていた両手を、まじまじと見つめた。

わたしにはできなかった。大好きな百合香から、その命を奪うことなど絶対にできなかった。

わたしは汗ばんだ両手を強く握り合わせた。そして、全身をブルブルと震わせながら、音がするほど強く奥歯を嚙み締めた。

再びベッドに仰向けになったわたしは、規則正しく繰り返される百合香の寝息と、ガタガタと鳴るサッシの音を聞きながら、ぼんやりと天井の暗がりを見つめた。

ふと、2年前、百合香がここにやって来た時、このダブルベッドを買うために、ふたりで高級輸入家具の店に行った時のことを思い出した。あの時、若い女の店員が、ベッドを選んでいるわたしたちふたりのことを、何か穢らわしいものでも見るかのような目で見ていたことを——。

もちろん、穢らわしいのは百合香ではなく、わたしなのだ。わたしひとりなのだ。

天井を見つめながら、わたしはまた、そっと唇をなめた。そして、百合香を殺さずに済んだことに、心から安堵した。

そもそも、なぜわたしは、百合香を殺そうなどと思ったのだろう？　わたしはなぜ、そこまで思い詰めていたのだろう？

さっきまで、わたしは自分を悲劇のヒロインのように考えていた。

けれど、わたしの身に起きていることは決して特別なことではなく、どこにでもあるただの失恋なのだ。わたしが女だからとか、同性愛者だからとか、そういうことはまったく関係なく、これは誰の身にもたいていは起きる、ごく、ごく普通のことなのだ。わたしの境遇は、恋人に捨てられる無数の男たち、そして女たちと、何ら変わらないのだ。

どこにでもある、ただの失恋。バカバカしくて、ありきたりで、世の中に掃いて捨てるほどある、ただの失恋――。

暗がりに浮かぶ天井を見つめて、わたしはそう思おうとした。

わたしは穢らわしいが、百合香はそうではない。わたしは普通ではないが、百合香はそうではない。わたしといたら、百合香は幸せにはなれない。

だから……これでよかったんだ。

瞬《まばた》きをしたら、目尻から涙がするりと溢れ出た。どうやら、わたしはまた泣いていたらしかった。

わたしはとても強いはずだったのに……ずっとひとりで、強く生きて来たはずだったのに……それなのに……今夜のわたしは、自分でも嫌になるほど、泣いてばかりいた。

右目から溢れ出た涙は、こめかみをスーッと伝い、右の耳の中に流れ込んだ。

唇をすぼめ、わたしは長く息を吐いた。そして、手の甲で涙を拭うと、静かに首をひねり、すぐ左側に身を横たえている百合香の横顔を見つめた。

そう。2年前の初めての晩から、ベッドでは百合香はわたしの左側に横になりたがった。「そのほうが落ち着くから」というのが理由だった。

それについて、わたしは何も尋ねなかった。けれど、きっと百合香は、わたしと暮らす前もそうしていたのだろう。きっといつもベッドでは、男たちの左側に、ほっそりとしたその体を横たえていたのだろう。

明日の今頃、百合香の右側には、田中というスーパーマーケットの店長が横たわっているのだ。今、わたしがしているように、眠りに落ちた百合香の横顔を、目を細めて見つめているのだ。

それにしても……百合香は何て可愛らしい顔をしているのだろう。

この2年間、毎日のように眺めて来たというのに、今また、わたしは、そう思わずにはいられなかった。

化粧を落とした今も、百合香の睫毛は驚くほどに長かった。ぽってりとした唇が、今も濡れているみたいに暗がりで光っていた。鼻はそれほど高くはなかったけれど、真っすぐで、先が尖っていて、とても形がよかった。皮膚はつるんとしていて、皺がまったくなく、合成樹脂でできているかのようだった。

こんなにもわたしが心を痛めているというのに……百合香はとても幸せそうな顔をして眠っていた。

だが、それでいいのだ。百合香には幸せこそが似合うのだ。彼女はわたしと別れ、普通の女として生きていくべきなのだ。家具屋の女店員がわたしたちに向けたような視線を、彼女は受けるべき存在ではないのだ。

ああっ、百合香……百合香……。

窓のサッシを鳴らし続ける風の音を聞きながら、わたしは百合香の可愛らしい寝顔を、網膜に焼き付けるかのように見つめ続けた。

7

わたしもふだんは、決して寝付きが悪いほうではなかった。けれど、今夜は眠れそうになかった。

わたしが出て行く前の晩は、佐野知恵子も眠ることができなかったのだろうか？ 眠れないまま、知恵子もこんなふうに、わたしの隣で天井を見つめていたのだろうか？

眠れないままに天井をぼんやりと眺め続けていたら、喉がひどく渇いていることに気づいた。

気持ちよさそうに眠っている百合香を起こさないように気をつけながら、わたしはそっとベッドを出た。そして、白いスポーツタイプのブラジャーとショーツという格好のまま、足音を忍ばせてキッチンへと向かった。

寝室のドアを開けて真っ暗な廊下に出ると、そこにはいつものように、今夜の食事のにおいが濃厚に漂っていた。

ビーフシチューのにおい、マッシュポテトのにおい、ホワイトソースのにおい、フランスパンのにおい……短い廊下をキッチンに向かって歩きながら、わたしはそのにおいを名残り惜しげに吸い込んだ。

明日からはもう、家の中から、こんな素敵なにおいはしなくなるのだ。明日からのわたしは2年前までのように、レトルト食品や冷凍食品やインスタント食品、それに、スーパーマーケットやコンビニエンスストアで買った弁当ばかりを食べることになるのだ。食事の時にもフランス製のワインではなく、缶ビールや缶チューハイを、グラスにも注がず、缶に口を付けて飲むようになるのだ。

また強い悲しみが胸に込み上げて来て、わたしは慌てて頭の中を空っぽにした。

壁に指先を這わせ、手探りでキッチンのスイッチを見つける。明かりを灯す。その眩しさに、目を瞬かせる。シンクの下に据え付けられた食器洗浄機は、すでに今夜の仕事を終え、今は自動的に電源が切れていた。

そこで百合香が毎日のように食事を作っていたキッチンに立つと、わたしは冷蔵庫を開け、麦茶の入ったガラスの容器を取り出した。その麦茶もまた、夏のあいだ毎日のように百合香が作っていたものだった。

この2年間、いつもそうだったように、冷蔵庫の中はすっきりと片付いていた。まるで誰かに見せるために、そうしてあるかのようだった。

そう。百合香は自分が綺麗でいることだけでなく、自分が暮らしている場所を隅々まで綺麗にしておくことが好きだった。それでわたしは、まるで自分がホテルに暮らしているみたいな気持ちで、この2年を過ごすことができた。

グラスに麦茶をなみなみと注ぎ入れると、冷たいそれをわたしは一息に飲み干した。それからまた、空になったグラスに麦茶を注ぎ、今度はそれをゆっくりと味わった。

ヤカンを使って煮出したあと、ガーゼで漉《こ》した香ばしい液体が、食道をひんやりと冷やしながら胃に流れ込んで行くのがわかった。

「おいしい……」

わたしは誰にともなく呟いた。

残りの麦茶を飲み干し、グラスをシンクの脇に置いた時……キッチンカウンターの上の小さな薔薇の花瓶の脇に、薄い携帯電話が置かれていることに気づいた。

ピンク色をしたその電話は百合香のものだった。

どうしてこんなところにあるんだろう？

わたしはそれを手に取ると、ほんの少しためらったあとで、ふたつ折りになった電話をそっと開いた。

ふだんのわたしなら、そんなことはしない。絶対にしない。

言い訳をするわけではないが、わたしは他人の携帯電話を盗み見たりするような性格ではないのだ。

けれど、今夜、なぜか、わたしはそれをした。もしかしたら……わたしを捨てる百合香に対する、ささやかな復讐のつもりだったのかもしれない。

メールの受信ボックスを開いてみると、そこには『勇気くん』からのメールがいくつもいくつも届いていた。『勇気くん』からのメールばかりだと言ってもいいほどだった。

わたしも百合香には毎日のようにメールを送っていた。けれど、わたしから百合香に送ったメールは、受信ボックスにひとつも残っていなかった。ここに戻る前に百合香に送ったメールまでが削除されていた。

微かな後ろめたさを覚えながらも、わたしは『勇気くん』から百合香に最後に送られたメールを開いてみた。

『百合香、どうしてる？　引っ越しの準備は済んだかい？

君が僕の部屋に来てくれるっていうのに、何も手伝ってやれなくてごめんよ。許してください。この埋め合わせは、必ずするからね。

今、倉庫から事務室に戻ったところです。

台風がすごいから、今夜は客も少なくて、店はすごく暇だよ。それでずっと、百合香のことばかり考えてるんだ。明日から百合香と暮らせるなんて……何だか、今も夢を見ているみたいです。

明日の引っ越しにも付き合ってあげられないけど、頑張ってください。

すごく、すごく、愛してる』

送信された時間を見ると、そのメールはわたしが帰宅してから届いたものだった。

いったいいつ、百合香はこのメールを読んだのだろう？　百合香がこれを読んでいる時、わたしは何をしていたのだろう？

携帯電話の小さなパネルを無言で見つめ、わたしは唇を噛み締めた。

8

『勇気くん』が百合香に送ったメールをしばらく見つめていたあとで、わたしはメールの送信ボックスのほうを開いてみた。

そこにはやはり、百合香が『勇気くん』に送ったメールがいくつも残っていた。けれどやはり、百合香がわたしに送ったそれは完全に削除されていて、ただのひとつも残されていなかった。

たった今、そうしたように、わたしはまたその最後のメールを開いてみた。

『お仕事、お疲れさま。

引っ越しのことは気にしないで。引っ越し屋さんが何でもやってくれるから、わたしにはやることなんて何もないのよ。

それにしても、勇気くん、今夜は2時まで仕事なのに、明日は9時に出勤なんて、いくら何でも働き過ぎよ。

勇気くんが病気になったら、わたしが悲しむわ。わたしを悲しませないように、体には本当に気をつけてね。

明日の晩はわたしがごちそうを作るわ。おいしいワインも用意しておくから、勇気くんが帰って来たら、ふたりで引っ越しのお祝いをしましょうね。

それでは、2時まで頑張って。いいえ。あんまり頑張らないで。

すごく好きよ。愛してるわ。

勇気くんの百合香より』

百合香のメールにはいつものように、たくさんの絵文字や記号が混じっていた。ピンク色をしたハートマークもいくつも入っていた。

小さな電話を握り締め、わたしはさらに強く唇を噛み締めた。言いようのない怒りと妬《ねた》み、悔しさと悲しみが、胸にぐっと込み上げて来るのが感じられた。

『勇気くんが病気になったら、わたしが悲しむわ。わたしを悲しませないように、体には本当に気をつけてね。

明日の晩はわたしがごちそうを作るわ。おいしいワインも用意しておくから、勇気くんが帰って来たら、ふたりで引っ越しのお祝いをしましょうね』

このメールの送信時間から考えると、百合香は『勇気くん』のメールを受けた直後に、その返信をしたようだった。それは、たぶん……帰宅したわたしが、浴室にいる時だったのだろう。

そうなのだ。わたしが浴室で涙を流している時に、百合香はそのメールを打っていたのだ。スーパーマーケットの店長の顔を思い浮かべながら、明日からの新しい生活のことを考え、浮き浮きと心を躍らせていたのだ。

メールの送信ボックスを閉じると、次にわたしはデータフォルダを開いてみた。こんなことはもうやめようと思いつつも、どうしてもやめることができなかったのだ。

そこには百合香の写真がたくさんあった。百合香の新しい恋人になった、スーパーマーケットの店長らしき男の写真も何枚もあった。わたしがその男の写真を見るのは、初めてのことだった。

明日から百合香と暮らし始める男は、痩せて色白で、おとなしくて、優しそうだった。けれど、特別にハンサムというわけではない、ごく普通の、どこにでもいるような男に見えた。年は30歳ということだったが、童顔のせいか、それよりも少し若く見えた。

こんな男が百合香は本当に好きなのだろうか？

わたしは無言で首を傾げた。一緒にテレビを見ている時に、百合香が『素敵な人』とか、『かっこいい』とか言うのは、ハンサムで精悍なスポーツマンタイプの男ばかりだったからだ。

データフォルダには下着姿の百合香の写真がたくさん保存されていた。それがわたしを驚かせた。

下着姿だなんて……百合香はわたしにさえ、そんな撮影を許したことはなかった。

黒や白やピンクや青や紫のセクシーなブラジャーとショーツ姿の百合香……そんなセクシーな下着の上に、極端に丈の短い透き通ったナイトドレスをまとった百合香……ラブホテルらしい大きな円形のベッドの上で、裸の胸を掛け布団で押さえて微笑んでいる百合香……小さなショーツだけを身につけ、両腕で乳房を押さえて白い歯を見せている百合香……セルフタイマーで撮影したらしい、ベッドに並んでいる上半身裸の男と下着姿の百合香の写真もあった。

いくつかの写真では、セクシーな百合香の下着の向こうに、小豆色の乳首やわずかばかりの性毛が、くっきりと透けて見えていた。

けれど……百合香や男の写真が数え切れないほどたくさんあるというのに……そこにわたしの写真はなかった。百合香は携帯電話で写真を撮るのが好きで、わたしのこともしばしば撮影していたというのに……それらの写真が1枚もなかった。

「畜生っ……」

自分でも気づかぬうちに、わたしはそう呟いていた。そんな言葉を口にするのは久しぶりのことだった。

データフォルダには静止画像だけではなく、動画もいくつか保存されていた。

また少しためらったあとで、わたしはそのひとつを再生してみた。そんなことはするべきではないとわかっていたが、どうしても、そうせずにはいられなかった。

それは今からほんの半月ほど前に、横浜のみなとみらい地区にある遊園地の、観覧車の箱の中で撮影された動画のようだった。

最初は百合香がその男を撮影していた。携帯電話のレンズを向けられた男は、白いTシャツ姿で、少しはにかんだように笑っていた。

『はーい。勇気くんとわたしはコスモワールドにいまーす。今は観覧車に乗ってまーす。すごくいい眺めでーす。勇気くーん、何か喋ってくださーい』

甘えたような口調で百合香が男に言った。

だが、男は何も言わなかった。ただ、恥ずかしそうに微笑み続けているだけだった。

『勇気くんは、百合香のこと、愛してますかー？』

百合香がさらに甘えたような声を出し、男は無言で何度か頷いた。相変わらず恥ずかしそうだったが、男はとても嬉しそうでもあった。

わたしはその男に強い嫉妬を覚えた。百合香がわたしに、そんな甘えた口調で話したことは一度もなかった。

男は撮影をしている百合香に小さな投げキスを送ったあとで、「今度は僕が撮るよ。携帯を貸して」と言って、百合香から携帯電話を受け取った。男の声は少し高くて、聞き取りやすかった。

撮影者が代わり、今度は動画に百合香が登場した。

百合香はその可愛らしい顔に濃く化粧をし、耳元ではわたしの知らない大きなピアスを光らせていた。首には青い宝石のペンダントがぶら下がっていたが、わたしはそのペンダントも見たことがなかった。

百合香が着ているのは、黒いベアトップのワンピースなのだろう。極端に裾が短くて、とてもぴったりとしたそのワンピースを百合香がまとっているのを、わたしも何度か目にしたことがあった。剝き出しになった細い肩の上で、麦藁色の長い髪がくりくりとカールしていた。

『どう？　可愛く映ってる？』

細く透き通った声で男に言うと、百合香は尖った顎を引き、大きな目をいっぱいに見開き、少し首を傾げるようにして唇のあいだから白い歯をのぞかせて微笑んだ。それは百合香のお得意のポーズだった。

『うん。可愛いよ。あの……すごく可愛い』

撮影している男の声が聞こえた。やはり男の声は少し高くて、聞き取りやすかった。

とても天気のいい日らしく、百合香の背後には晩夏の太陽に眩しく光る横浜港が広がっていた。映像には三日月型をしたホテルや、入り組んだ港を航行するたくさんの船舶が小さく映っていた。桟橋に停泊したマンションみたいに巨大な豪華客船や、貨物船にコンテナを積み込むための無数のクレーンも映っていた。

『勇気くん、あれ見て！　ほらっ、カモメたちがあんなに高く飛んでるわ！』

嬉しそうにそう言いながら、百合香がほっそりとした指先で観覧車の窓の外を示した。おそらくそこにカモメたちが舞っているのだろう。

けれど、その映像には百合香の指の先にあるものは映されていなかった。撮影者はただ執拗に、百合香の笑顔を映し続けているだけだった。その映像からも、田中という男が百合香にぞっこんなのだということは見てとれた。

携帯電話に保存されたその映像を見つめながら、わたしはふと、陸上部の部長だった男子生徒のことを思い出した。彼とふたりで観覧車に乗ったことがあったこと……あの時、女らしくないからわたしが好きだと彼が言ったこと……遠い、遠い昔の、そんなことを、微かな哀愁とともに思い出した。

その時だった。

「何を見てるのっ！」

すぐ背後から大きな声が響き、わたしは反射的に振り向いた。

そこに白いナイトドレス姿の百合香が立っていた。

9

「信じられないっ！　人の携帯を勝手に見ないでっ！」

甲高い声でそう叫ぶと、百合香は可愛らしい顔を怒りに歪めてわたしに歩み寄って来た。そして、ほっそりとした右腕を振りまわすようにして、わたしの手からピンク色の小さな電話を引ったくるように奪い取った。

百合香が手にした携帯電話からは、『ねえ、勇気くん、あの豪華客船、どこから来たのかしら？』という彼女の甘えたような声が流れ続けていた。

「どういうつもりなのっ！　摩耶っ、どうして人の携帯を勝手に見てるのよっ！」

顔を真っ赤にした百合香がわたしに詰め寄った。

わたしは百合香に謝ろうと思った。本当にそう思った。

けれど、わたしの口から出たのは謝罪の言葉ではなかった。

「どうして、わたしからのメールや、百合香がわたしに送ったメールがその携帯に残ってないの？　どうして、わたしの写真がそこには1枚もないの？　どうしてなのっ！　答えてよっ！」

そんなつもりなどなかったのに、最後は叫ぶような口調になってしまった。

売り言葉に、買い言葉……きっと、そんな感じだったのだろう。わたしたちの喧嘩の始まりは、いつもそうだった。

「あらっ、開き直るの？　そんなの当たり前でしょう？」

とてつもなく意地悪な顔で百合香がわたしを見上げ、軽蔑したような笑みを浮かべた。それは喧嘩をした時に百合香がしばしば見せる、とても挑発的な表情だった。

その百合香の顔を見ていたら、わたしの中に強い怒りや苛立ちが、またむくむくと甦って来た。

「当たり前？　何が当たり前なのよ？」

込み上げる怒りに駆られて、わたしは言い返した。

「だって、レズの女と暮らしていたなんて、彼には知られたくないもん！　わたしもレズの仲間だったと思われたら、恥ずかしくて死んじゃうわ！」

挑発的な笑みを浮かべたまま、怒鳴るように百合香が言った。口から飛び散った唾液が、わたしの顔に霧のように吹きかかった。

百合香からレズ呼ばわりされたのは、それが初めてだった。

「何だって！」

さらに強い怒りが、わたしの中で膨れ上がった。「やっぱり、百合香はそう思っていたのねっ！　わたしのことを、恥ずかしいと思っていたのねっ！」

「当たり前じゃない。あんたといるあいだ、わたしはずっと恥ずかしかったわよ。恥ずかしくて、恥ずかしくて、たまらなかったわよ」

突き放したかのような口調で、百合香が静かに言った。「そんなことにも気づかないなんて……あんたって、レズだけあって、すっごく鈍感なのね」

百合香が憎々しげに、『レズ』という単語を繰り返した。

次の瞬間、反射的にわたしは右手を振り上げた。そして、ほとんど何も考えずに、百合香の左の頬を力まかせに平手で張った。

かなりの手ごたえがあった。バチンという大きな音がし、百合香の顔が真横を向いた。口から唾液が飛び散るのが見えた。

彼女に暴力を振るうのもまた、それが初めてだった。

「ひっ」

頬を張られた瞬間、百合香の口から小さな声が漏れた。直後に、まるで腰が砕けてしまったかのように、百合香が床に崩れ落ちた。

「何すんのよっ！」

床にうずくまった百合香が、わたしを見上げて大声で叫んだ。張られたばかりの頬がピンク色に染まり、ふっくらとした唇の端から真っ赤な血が流れ始めていた。

その百合香の顔を見た瞬間、わたしは自分がしたことを強く後悔した。

「ごめん……百合香」

わたしは慌てて床にしゃがみ込み、百合香を抱き起こそうとした。

そんなわたしの顔を——その左の頬のところを——百合香が平手ではなく、右の拳で強く殴りつけた。

それは不意打ちではあったが、かわそうと思えば、かわすことができたと思う。わたしは昔から、反射神経が抜群なのだ。

けれど、わたしは百合香の拳をかわさなかった。

百合香に殴られるのも、それが初めてだった。

百合香はとても非力だったから、それほどの衝撃はなかった。ただ、殴られた瞬間にどこかが切れ、口の中にじわじわと血の味が広がっただけだった。

百合香が再び右の拳を振り上げ、わたしは反射的に目を閉じた。もう一度、殴られるつもりだった。殴られるのが当然だと思ったのだ。

けれど、いつまで待っても第二弾は訪れなかった。

わたしはそっと目を開いた。

床にうずくまったままの姿勢で、百合香はわたしをじっと見つめていた。その大きな目の中には今も、怒りと憎しみが満ちていた。いつの間にか、手の甲で拭ったらしい血が、ふっくらとした唇の横にこびりついていた。わたしに張られた頬は、少し腫れ始めているようにも見えた。

「百合香……ぶったりして、ごめん……」

わたしは白いナイトドレスに包まれた百合香の体に腕を伸ばした。

「触らないでっ！」

強い口調でそう言うと、わたしの腕を百合香が乱暴に払いのけた。そして、わたしを睨《にら》むように見つめたまま、脚をふらつかせながらヨロヨロと立ち上がった。薄いナイトドレスの胸のところを、ふたつの尖った乳首が突き上げているのが見えた。

「百合香……あの……わたし……」

「もう寝るわ」

わたしの言葉を遮り、吐き捨てるかのように百合香が言った。そして、わたしにナイトドレスの背を向けてキッチンを出て行った。

大きく開いたナイトドレスの背中から、骨張った背中がのぞいていた。

その後も長いあいだ、わたしは下着姿でキッチンの床にうずくまっていた。口の中に広がる血の混じった唾液を飲み込みながら、そこでぼんやりと、冷蔵庫や食器洗浄機や食器棚や、ガスコンロの上のステンレス製のヤカンを眺めていた。

百合香が毎日のように雑巾《ぞうきん》で丁寧に拭いているお陰で、キッチンの床はいつもとても清潔で、小さな埃《ほこり》ひとつ落ちていなかった。食器棚のガラス扉の向こうには、まるで陳列された商品みたいに、たくさんの食器が整然と並べられていた。

なおも長いあいだキッチンの床にしゃがみ込んでいたあとで、わたしはようやく立ち上がった。そして、ほんの少し迷った末に寝室に向かった。もう一度、百合香にちゃんと謝ろうと思ったのだ。

百合香はすでにベッドの上に横になっていた。戸口のほうに背を向けて、羽毛の布団にくるまっていた。

「百合香……ごめんね……許して……」

寝室の戸口に立って、わたしは言った。

けれど、百合香は返事をしなかった。

いつの間にか、すっかり風もやんでいた。カーテンを開けたままの窓からは、相変わらず流れて行くたくさんの雲が見えたけれど、今ではその雲間から星が瞬いているのが見えた。やはり明日は台風一過の晴天になるようだった。

わたしは窓辺に向かい、分厚いカーテンをしっかりと閉めた。

百合香に『出て行け』と言われるかと思った。けれど、百合香は何も言わなかった。

大きなベッドに歩み寄り、わたしはその端に——百合香の右側に、遠慮がちに身を横たえた。

「おやすみ……百合香……」

羽毛の詰まった柔らかな枕に後頭部を乗せ、小さな声でわたしは言った。

けれど、やはり百合香からの返事はなかった。ほんの少し身動きしただけだった。

わたしは舌の先で口の中をさぐった。左の頬の内側の皮膚が少し切れていたけれど、もう血は止まったようだった。

朝まで眠ることができないだろうと思っていた。けれど……何度かはうとうとと、浅い微睡《まどろ》みに落ちたようだった。

微睡むたびに、短い夢を見た。たいていは目を覚ました瞬間に忘れてしまうような、たわいなくて、バカバカしい夢だった。

けれど、その短い夢のひとつの中で、どういうわけか、わたしはベッドの上に裸で四つん這いになり、やはり裸の男の股間に顔を伏せていた。男に髪を鷲摑みにされてその行為を強要されているわけではなく、自分自身の意志で硬直した男性器を深々と口に含み、自分自身の意志で頭部を上下に激しく打ち振っていた。

夢であるにもかかわらず、わたしは自分の唇を擦る男性器を感じた。喉を突き上げられるような感触や、息苦しさも感じた。

小学生だった頃、母のふたり目の夫にそれを強要されている時には、おぞましさと嫌悪感に身を震わせていたというのに……夢の中のわたしは、なぜか、とても平然としていた。それどころか、排尿のための器官でもあるそれを口に含むという行為に欲情し、一刻も早く男がわたしの口の中に体液を放出し、一刻も早く自分がその液体を嚥下《えんか》できることを願ってさえいた。

顔は見えなかったから、その男が誰だかはわからなかった。母のふたり目の夫だったかもしれないし、陸上部の部長だった山田尚幸だったかもしれない。もしかしたら……ついさっき百合香の携帯電話で見たスーパーマーケットの店長だったかもしれない。

目を覚まし、わたしはもう一度、心の中でその夢を反芻《はんすう》した。

けれど、やはりおぞましさは感じなかった。嫌悪感も覚えなかった。

最終章

何度目かに目を覚ますと、遮光カーテンの隙間《すきま》から薄暗い寝室の中に、朝の光が細く差し込んでいた。

ベッドにはすでに百合香の姿がなかった。その代わり、部屋の中に微かにコーヒーの香りが漂っていた。

それはいつもの朝とまったく同じだった。

わたしはベッドから這い出すと、あくびをしながら窓辺に歩み寄った。そして、南を向いたその窓に掛けられた遮光カーテンをいっぱいに開けた。

窓の外には秋の朝の光が満ちていた。空には雲がひとつもなく、抜けるような青い色がどこまでも果てしなく広がっていた。その空の色だけを見ていると、昨夜の嵐が夢だったみたいに思えた。

それでも、マンション前の濡れた道路には、風に吹き飛ばされた無数の木の葉が張り付いていた。風にもぎ取られたらしい大きな樹の枝も転がっていた。ベランダに並べられたハーブの鉢のいくつかも引っ繰り返り、こぼれた土が辺りを汚していた。あれは夢ではなかったのだ。嵐は確かにあったのだ。この地にも、そして、わたしたちにも嵐はあったのだ。

わたしは静かに窓を開けた。

冷たくて新鮮な風が室内にさっと流れ込み、寝室の淀《よど》んだ空気を一掃していった。外では何羽もの小鳥たちが、甲高く鳴きながら飛び交っていた。その姿はまるで、凄まじい嵐の夜を生き延びたことを喜ぶかのようだった。

生き延びた？

そう。生き延びたのだ。百合香も、わたしも、生き延びたのだ。

来るはずのなかったきょうが来た。わたしはまた、あの10トントラックの運転席に座ることができる。

嬉しいという気持ちは湧いて来なかったけれど……それでも……わたしはそれを、神様からのプレゼントなのだと思おうとした。

随分と長いあいだ窓の外を眺めていたあとで、わたしは窓に背を向けた。そして、わずかに汗ばんだ素肌に、焦げ茶色のガウンを羽織って寝室を出た。

廊下にはさらに強くコーヒーの香りが充満していた。強《こわ》ばっていた顔に、わたしは意識して笑みを浮かべた。

東を向いたリビングダイニングルームにも、そこに隣接したキッチンにも、秋の朝の光が満ち満ちていた。磨き上げられたフローリングの床が眩しいほどに光っていた。

いつもの朝と同じように、百合香はキッチンカウンターの向こうにいた。ノースリーブの白いナイトドレス姿のまま、そこで忙しそうに何かを刻んでいた。まな板と包丁のぶつかる音が、リズミカルに響いていた。

「あの……百合香……おはよう」

少しためらったあとで、わたしは百合香に声をかけた。

その声に、百合香が顔を上げた。もう腫れてはいなかったけれど、左の頰がまだ少し赤くなっているように見えた。

「おはよう、摩耶っ。コーヒーがはいってるわよ」

わたしを見つめ、明るい声で百合香が言った。そして、いつものように、にっこりと微笑んだ。それはとても自然な微笑みだった。

「あの……百合香……昨夜はごめん」

ゆっくりと百合香に歩み寄り、わたしは小声でそう言った。

「いいのよ。もう気にしてないわ」

微笑みながら百合香が言った。そして、薔薇の花瓶が飾られたキッチンカウンターの上に、ゆらゆらと湯気の立つ大きなカップを置いた。「摩耶、コーヒーよ。冷めないうちに飲んでね」

「あの……ありがとう」

ぎこちなく微笑みながら、わたしは言った。


わたしが休みの朝にはいつもそうしているように、わたしたちは朝日の差し込むリビングダイニングルームのテーブルで向き合って、百合香がいれたコーヒーをゆっくりと味わった。

いつものように、百合香は白いナイトドレスのままで、相変わらず、胸の部分の布をふたつの乳首が押し上げていた。

「おいしい……」

小さな声でわたしが言い、百合香が顔を上げてそっと微笑んだ。

ふたりで飲む最後のコーヒーは、百合香の好きなマンデリンではなく、わたしの好きなキリマンジャロだった。

わたしたちはあまり話をしなかった。それでももう、気まずい雰囲気というわけではなかった。

コーヒーのあとでわたしはTシャツとジーパンに着替え、それからゆっくりと新聞の朝刊を広げた。そのあいだに、百合香は浴室でシャワーを浴びた。本当は今朝はシャワーを浴びるつもりではなかったらしいが、気が変わったようだった。

だが、これがわたしの休みの朝の、わたしたちのいつもの過ごし方だった。わたしが休みの日には、わたしたちはたいてい午前11時過ぎに、昼食を兼ねた朝食をとっていた。

11時少し前に、百合香が浴室から戻って来た。

百合香はぴったりとした白いタンクトップをまとい、擦り切れたデニムのショートパンツを穿いていた。麦藁色の長い髪は美しくセットされ、顔にはしっかりと化粧が施されていた。大きくて派手なピアスもしていたし、ネックレスもブレスレットもしていた。

そう。そこにいたのはすでに、わたしと休日を過ごす時の百合香ではなかった。

「さっ、朝ご飯にしようね」

百合香が言った。ファンデーションがムラなく塗られた額に、少し汗が光っていた。

わたしたちの最後の朝食は、雑穀の入った炊き立てのご飯に、鰹節《かつおぶし》と昆布のダシの効いたネギとワカメと豆腐の味噌汁、納豆と生卵とアジの干物とおろし大根、それに百合香の手作りのカブとキュウリの糠漬《ぬかづ》けだった。

百合香はそういう和風の朝食が大好きだった。

「ねえ、摩耶……」

食事の途中で、百合香がわたしの名を呼んだ。

「なあに？」

「あの……もしもだけど……もしも、彼とうまくいかなかったら……その時は、またここに戻って来てもいい？」

わたしは箸を動かす手を止め、あでやかに化粧が施された百合香の顔を見つめた。もう泣くつもりなんてなかったというのに、あっと言う間に込み上げて来た涙で、その可愛らしい顔がぼんやりと霞《かす》んで見えた。

わたしは無言で頷いた。その拍子に、涙が頬をスーッと流れ落ちた。

「摩耶ったら……泣かないでよ。わたしまで泣きそうになるじゃない」

百合香が笑った。アイラインに縁取られた目に涙が浮かんでいた。

わたしはテーブルの上にあったティッシュペーパーで鼻をかみ、涙を丁寧に拭った。それから言った。

「もし百合香が戻って来るなら……できれば、その時は……可愛い赤ちゃんと一緒だといいな」

それはわたしの本心だった。

「赤ちゃん？　そうしたら、摩耶がその赤ちゃんを育ててくれるの？」

ティッシュペーパーで目の縁を押さえて百合香が笑った。

百合香を見つめて微笑み、わたしはまた無言で頷いた。

ああっ、もし、そんな日が訪れたら……そうしたら、どんなに素敵だろう！

だが、そんな日は決して来ないのだということは、わたしにもわかっていた。


百合香は今もわたしが好きだと言った。わたしはもちろん、百合香が大好きだった。

けれど、わたしたちは別れなくてはならないのだ。百合香もわたしも女だから……

だから、別れなくてはならないのだ。

不条理？

いや、そうではないのだろう。それは決して不条理なことではなく、ごく当たり前のことなのだろう。


朝食に使った食器は、いつものように、百合香が食器洗浄機に入れてくれた。

いつもは夕方に、洗浄が済んだ食器を百合香が取り出し、それらを元通り、食器棚に整然と並べていた。けれど、夕方にはもう、百合香はここにいないのだから、きょうはわたしがそれをすることになるはずだった。

そんなどうでもいいことさえ、わたしには悲しく感じられた。

引っ越し屋は約束の午後1時ぴったりにやって来た。玄関のすぐ脇の小部屋に積み上げられていた百合香の荷物を、ふたりの若者はあっと言う間に運び出し、4トントラックにあっと言う間に積み込んだ。

それは少し腹が立つほどの手際のよさだった。

ふたりの若者は、わたしたちの関係を少しも訝《いぶか》っているふうではなかった。

引っ越し屋の若者のひとり、背が高く痩せた男のほうが、眩しそうな目で何度も百合香を見つめていた。もうひとりの若者、ずんぐりとした体つきの日焼けした男のほうも、剝き出しになった百合香のすらりと伸びた腕や脚や、タンクトップの裾からのぞくくびれたウェストや、臍で揺れる十字架のピアスに、物欲しげな視線を、ちらりちらりと投げかけていた。

百合香にはそんな男たちの視線が、とても似つかわしく思えた。

「それじゃあ、行くね」

荷物を積み終えた引っ越し屋が出て行くと、百合香がわたしに言った。マンションの前ではすでに、百合香が呼んだタクシーが待っているようだった。

「あの……元気でね」

百合香と一緒に玄関に向かいながら、わたしは言った。百合香の手荷物は、白くて洒落た小さなブランド物のバッグだけだった。

「摩耶、たまにはメールをちょうだいね」

そう言うと、百合香は玄関のたたきに腰を屈め、とても踵の高い華奢なストラップサンダルを履いた。

ぴったりとしたタンクトップの裾が大きくせり上がり、ほっそりとした背中が剝き出しになった。ショートパンツのベルトの上からは、パステルブルーのショーツものぞいていた。はらりと垂れ下がった麦藁色の髪の先が、鮮やかなペディキュアが光る爪に触れていた。

「うん。メールするよ。百合香も気が向いたらメールしてね」

わたしは言った。

「うん。きっとメールする」

サンダルを履き終えた百合香が、顔を上げて笑った。

けれど、わたしは、百合香からメールが来ることはないと知っていた。自分が百合香にメールをすることもないと知っていた。

そう。わたしたちはこれで完全に終わりなのだ。

もう一度だけ、百合香の体を抱き締めたかった。骨が軋むほどに強く抱き締めたかった。そのぐらいは許されるのではないかと思った。

けれど、わたしはそうしなかった。

「じゃあ、摩耶……またね」

百合香が真っ白な歯を見せて微笑んだ。

またね——それは素敵な響きの言葉だった。

グロスを厚く塗り重ねた百合香の唇がつややかに光っていた。

「うん。またね、百合香」

わたしも微笑みながら頷いた。また目の奥が熱くなったけれど、もう百合香に涙を見せたくはなかった。

百合香がまた何かを言いかけた。けれど、百合香は何も言わず、艶《つや》やかなマニキュアの光る長い指をドアノブに伸ばし……それをそっと摑み……ゆっくりとまわしてドアを開け……ドアの外に出て、「じゃあね」と小声で言い……顔を歪めるようにして少し寂しげに笑い……それから、そのドアをゆっくりと静かに閉め……わたしの視界から百合香の姿が消えた。

そのすべてが、わたしにはまるでスローモーションの映像みたいに見えた。

わたしは玄関のたたきに立って、ハイヒールを履いた百合香の靴音が遠ざかっていくのを聞いていた。

コツ、コツ、コツ……コツ、コツ、コツ……。

その硬質な靴音が完全に聞こえなくなってから、わたしはドアを施錠し……ドアチェーンをしっかりと掛け……それから、大きく息を吐き……頭上を振り仰ぎ……。

それから、わたしは……その場にしゃがみ込み、両手で顔を覆い、声を押し殺して泣いた。

エピローグ

あれはわたしが佐野知恵子と暮らし始めたばかりの頃のことだった。

あの頃のわたしは、知恵子も勤務していた運送会社で10トントラックを運転して、野菜や果物などの農産物の運搬をしていた。

ある初秋の午後、神奈川県と静岡県の県境付近の国道を東京に向かって走っていた時、わたしのトラックの前を走行していた白いライトバンが、道に飛び出して来た茶虎の猫をはねた。

ギャーッという猫の悲鳴が、トラックの運転席にいたわたしの耳にも届いた。

後ろ足を轢《ひ》かれたらしい猫は、よろけながらも道路を何とか渡り切り、左側の歩道の端にうずくまった。

ライトバンを運転していたサラリーマンみたいな男は、自分が猫をはねたことに気づいたのだろうか？　それとも、気がつかなかったのだろうか？

いずれにしても、ライトバンはまったく減速せず、そのまま走り去ってしまった。

わたしはすぐにトラックを路肩に停止させ、はねられた茶虎の猫に駆け寄った。乾いた歩道に血が広がっているのが見えた。

歩道にうずくまっていた猫は、駆け寄って来たわたしに牙を剝き、フーッという声を出して激しく威嚇した。どうやら、とても気が立っていたようだった。

わたしはとても急いでいたから、ほんの一瞬だけ躊躇《ちゅうちょ》した。けれど、傷ついた猫をそこに放置して立ち去ることはできなかった。

わたしは威嚇を続ける猫を抱き上げた。そして、嚙まれたり、引っ掻かれたりしながらも、トラックの荷台にあった空の段ボール箱のひとつに猫を入れた。動物病院に連れて行くつもりだった。

ありがたいことに、たまたま近くを歩いていた男の人が、「動物病院ですね？　僕が案内します」と言ってトラックの助手席に乗ってくれた。まだ大学生みたいな、若くて可愛らしい顔をした男の人だった。

その人のお陰で、わたしはすぐに猫を動物病院に運び込むことができた。

猫の怪我《けが》は左後肢を切断しなければならないほどの重傷だった。けれど、命だけはかろうじて取り留めた。診察した獣医師によると、その猫は雌で、年はまだ1歳になるかならないかという若さだった。

2週間ほど入院させたあとで、わたしは野良らしいその猫を自分で飼うことにして動物病院に引き取りに行った。佐野知恵子も一緒だった。わたしがその話をすると、知恵子が「ここで飼おうよ」と言ってくれたのだ。

そんなふうにして、わたしたちは、左後肢を失ったその茶虎の雌猫を飼い始めた。女と女と雌猫の暮らしだ。

猫には知恵子が名前をつけた。摩耶の『耶』と、知恵子の『恵』から一文字ずつを取った『ヤエ』という名前だった。

「わたし、ヤエをわたしたちの娘だと思うことにする」

知恵子はそう言ってヤエを可愛がった。

最初はひどく警戒していたヤエも、時間が経《た》つにつれて、少しずつその警戒心を解いていった。左後肢がないのは少し不便そうだったけれど、ヤエはやがてその暮らしにも少しずつ慣れていった。半年ほどが経った頃には、帰宅した知恵子やわたしを、ヤエは3本の脚で元気よく玄関まで迎えに来るようになった。

ヤエは知恵子にもよく懐いていた。けれど、どちらかと言えば、わたしのほうによ
り心を許しているように見えた。
もしかしたら、わたしが命を助けたことを覚えていたのかもしれない。冬の夜には
ヤエはわたしたちのベッドに潜り込んで来たが、それは決まって、知恵子ではなく、
わたしの横にだった。
「餌をやったり、水を換えたり、トイレの掃除をしているのはわたしなのに、ヤエっ
て摩耶のほうが好きなのね」
知恵子はしばしば、少し不満そうにそう言ったものだった。
知恵子と暮らした部屋を出る時、わたしはヤエを連れて行こうかとも思った。
けれど、しばらく考えたあとで、ヤエを置いて行くことにした。わたしだけではな
く、ヤエまでがいなくなってしまったら、知恵子は耐えられないと思ったのだ。
「ヤエをよろしくね」
あの日、そう言って、わたしは知恵子の部屋を出た。
別れてからも数年のあいだ、知恵子からは年賀状が届いた。そこにはいつもヤエを
抱いている知恵子の写真もあった。

けれど、わたしは知恵子に年賀状を書かなかった。そうするうちに、知恵子からの年賀状は来なくなった。

ヤエは今、どうしているのだろう？　知恵子と仲良くやっているのだろうか？

引っ越しはとうに終わったはずだった。

けれど、思っていた通り、いつまでたっても百合香からはメールが来なかった。わたしもまたメールはしなかった。

一度、寝室に行ったら、その床にプラチナのアンクレットが落ちているのを見つけた。きっと昨夜、百合香の足首から外れて落ちたのだろう。

わたしは一瞬、胸をときめかせた。もしかしたら、百合香がそのアンクレットを取りに来るのではないかと思ったのだ。あるいは、それを届けてくれと連絡して来るのではないかと期待したのだ。

だが、すぐに、わたしはそんな期待をする自分を嘲《あざけ》った。

期待などするべきではなかった。もう何も期待するべきではなかった。

とても穏やかな秋の午後だった。空は相変わらず、抜けるように青いままで、雲はひとつも現れなかった。いっぱいに開け放った窓から、少しひんやりとした湿った風が気持ちよく流れ込んで来た。

そんな秋の風が体を擦り抜けていくのを感じながら、わたしはリビングダイニングルームのテーブルに座っていた。部屋の片隅の床に置かれた大きな銅製の花瓶で、百合香が生けた赤や白やピンク色のコスモスが静かに揺れるのを眺めていた。

大丈夫。わたしは強いんだ。大丈夫。わたしはひとりでも生きていけるんだ。

わたしは何度も、自分にそう言い聞かせた。

また目の奥が熱くなったが、もう泣きはしなかった。

涙を流す代わりに、わたしは自分の大型トラックを思い浮かべた。そして、あのトラックと一緒に、また仕事ができることを素直に喜ぼうと思った。

そんなわたしを励ますかのように、秋風が髪を優しく撫でていった。

あとがき

東京に凄まじい風雨をもたらした台風15号が去ったあとで手紙が届いた。一週間か10日に一度ずつ送られて来る、東京拘置所の土谷正実くんからの手紙である。

『昨夜は実に久しぶりに耳にした外界の音を、まるで子守歌のように聴きながら眠りました』

その手紙にはそんなことが書いてあった。

彼の部屋の窓は基本的にはいつも閉められているから、鳥たちのさえずりも、セミの声も、街の喧噪も入って来ない。それでも、台風のように猛烈な風が吹きすさぶ時には、その音が彼の耳にも届くというのである。

実に久しぶりに耳にした外界の音——。

それを読んだら、何だか目の奥が熱くなった。

土谷正実くんは今、死刑確定囚として畳3枚分ほどの独房にいる。たぶん、たった今もそこにいる。そして、声の出し方を忘れてしまうほど誰とも話さず、ひとりきりで生きている。

16年以上前に彼が作った毒ガスによって、多くの人々が命を落とし、心身ともに傷つけられ、少なくない人々が今もなお後遺症に苦しんでいる。それを考えると、僕には彼を弁護することはできない。

それでも彼からの手紙は、いつも僕をやる瀬ない気持ちにさせる。

つい先日の彼は、差し入れられた花について手紙に書いて来た。同じ部屋の中に自分以外の生命体を感じることで、彼はとても優しい気持ちになれるのだという。

この『黒百合の雫』は、凄まじい嵐の一夜の物語である。

もしかしたら、そのせいなのかもしれない。この小説のゲラの校正をしながら、僕はずっと彼のことを思い続けていた。

今朝も僕は、吹きすさぶ風の音に目を覚ました。それは台風でも来たのかと思うほどの凄まじい風だった。そして、ベッドの中でまた彼を思った。

ああっ、いったい、どこで何が狂ってしまったのだろう。

この本は、女性と女性の愛の物語である。

女しか好きになれない女。

男しか好きになれない男。

それほど多いわけではないけれど、僕にメールをくれる読者たちの中には、そんな人々がいる。

彼女ら、あるいは、彼らのほとんどは、そのことを隠して生きている。それを公にした時に、差別されたり、迫害されたり、特別視されたり、親に嘆かれたりすることを恐れてのことだ。

これまでも僕は、そういう人々に対して、偏見を持たずに接して来たつもりだった。同性しか好きになれないというのは、本人の意志ではどうにもならないことだし、そんなことで、その人を差別したり、迫害したりするのは、間違ったことだと思っているからだ。

それでも、この本を書き始めたばかりの頃の僕の中には、普通とは少し違うそんな人々に対する偏見のようなものが……あるいは、そんな人々を特別視しているようなところが、絶対になかったとは言い切れない。

そう。人間という生物は、自分とは違うものを、無意識のうちに遠ざけようとする習性を有しているようなのだ。

だが、この本を書き進めていくうちに、僕の中で何かが大きく変化していった。そして、これまでの自分の考えを根本から改めなければならないと思うようになった。

それはきっと、この本の主人公の『摩耶』という女性のせいなのだろう。

自分が勝手に作り出した人物であるにもかかわらず、物語を進めていくうちに、女性しか愛せないこの女性のことを、僕はとても好きになってしまったのだ。そして、彼女の幸せを心から願うようになっていったのだ。

自分の小説の主人公に、それほど感情移入するのは久しぶりのことだった。

同性しか愛せない人たちは、確かに多数派ではないのかもしれない。けれど、それは決して異常なことではない。ましてや、差別されたり、迫害されたり、特別視されたりするようなことでは絶対にない。

この本を書き終えた今、僕はそれを確信している。

もし、あなたが同性しか愛せない人なのだとしたら……そして、そのことで心を傷めたり、生きづらい思いをしているのだとしたら……だとしたら、あなたにはぜひ覚えておいてもらいたい。

僕はあなたの味方です。いつか、あなたたちが差別されたり、迫害されたり、特別視されたりすることがない日が来るように、心から願っています。

この本は幻冬舎アウトロー文庫からの僕の2冊目の本になる。今回も担当編集者の前田香織さんには、たくさんのアドバイスと励ましをいただいた。この場を借りて、感謝の言葉を捧げたい。

前田さん、ありがとうございました。おかげで、また本が書けました。これからもよろしくお願いいたします。

二〇一一年十月十五日　　　　大石　圭

この作品は書き下ろしです。原稿枚数260枚（400字詰め）。

GENTOSHA OUTLAW BUNKO

黒百合《くろゆり》の雫《しずく》

大石圭《おおいしけい》

平成23年12月10日　初版発行

発行人――石原正康
編集人――永島賞二
発行所――株式会社幻冬舎
〒151-0051東京都渋谷区千駄ヶ谷4-9-7
電話　03(5411)6222(営業)
　　　03(5411)6211(編集)
振替00120-8-767643
印刷・製本―株式会社 光邦
装丁者――高橋雅之

幻冬舎アウトロー文庫

ISBN978-4-344-41789-2　C0193　O-110-2